산이 부른다

산이 부른다 2

철 따라 산 따라

글 진우석 **그림** 이진아

머리말

산은 즐기는 게 고수다

나는 집을 구할 때 산 아래 동네를 찾는다. 교통은 좀 불편하지만, 공기 좋고 집값도 싸기 때문이다. 지금은 서울 정릉 산동네에 산다. 덕분에 북한산을 산책 코스로 이용한다. 앞으로도 산 주변에 머물고 싶다. 산의 즐거움을 일상생활에서 느끼고 싶어서다.

우리나라의 산은 도심과 시골을 가리지 않고 솟았다. 수도 서울만 해도 외사산, 즉 북한산 · 관악산 · 용마산 · 덕양산으로 둘러싸여 있고, 북악산 · 낙산 · 인왕산 · 남산의 내사산은 한양도성을 이루고 있다. 큰 산은 외성이고, 작은 산은 도성인 셈이다. 그래서 산 없는 서울은 상상할 수 없다. 또한 우리나라의 산은 친근하다. 얼마 높지 않아 밭이 되기도 하고, 집터가 되기도 한다. 대대로 우리 민족은 산에 기대 살았다고 해도 과언이 아니다.

이 책은 만화로 꾸민 등산 입문서다. 술술 책장을 넘기다 보면 저절로 등산 기술과 상식을 알 수 있도록 꾸몄다. 만화 속의 주인공을 독자 자신이라고 생각하면 더 재밌고 유익할 것이다. 또한 이 책은 최근 유행하는 트레킹과 트레일 등을 포괄해 시류에 뒤처지지 않도록 노력했다. 자신의 스타일에 맞춰 트레킹, 트레일링, 백패킹 등을 추천한 것이 그것이다.

2권 '철따라 산따라'에서는 전국의 산 중에서 초보자들을 위한 코스들을 소개한다. 물론 계절별로 산의 매력을 만끽할 수 있는 곳만 추렸다. 봄에는 야생화와 진달래, 철쭉 등의 꽃구경을, 여름에는 시원한 계곡에서의 피서를 할 만한 코스를 선택했고, 가을에는 화려한 단풍, 겨울에는 환상적인 눈꽃을 감상할 수 있는 코스를 위주로 했다. 마지막으로 산에서 맞는 밤으로 독자들을 초대할 것이다.

등산의 경험과 기술은 고수와 하수를 구분할 수 있다. 하지만 산을 즐기는 데는 고수와 하수의 구분은 무의미하다. 산에서 행복한 사람은 누구나 고수의 자격이 있다. 산은 우리 모두에게 축복이다.

글작가 진우석

차례

4부 겨울 12월 ~ 2월 초

5부 산에서의 하룻밤

부록

호록~

사계절이 뚜렷한 우리나라는
계절별로 다른 등산의 즐거움을 누릴 수 있다.

봄철은 꽃, 여름철에는 계곡, 가을철에는 단풍,
겨울철에는 눈이 펼쳐지는 새로운 세상.

1부

봄

2월 말 ~ 5월

얼음이 녹는 시기, 해빙기

2월 말에서 4월 초순까지는
얼음이 녹는 시기, 해빙기(解氷期).
시기적으로 봄철이지만 산에서는
겨울과 봄이 공존하는 시간.

여기는
아직 겨울
여긴
봄이로구나!
지상에는 완연한
봄기운이 퍼지지만,
산에는 꽃샘추위가 여전하다.
응달에는 아직 눈과 얼음이 남아 있고,
때론 눈이 펑펑 내리기도 한다.

♪~
이제 봄도 왔으니 산뜻하고 가볍게 가볼까?

봄기운에 취해 준비 없이 산행에 나섰다가는
큰 낭패를 보기 쉽다.
따라서 해빙기 산행은 적절한 겨울장비를
챙겨 사고에 대비해야 한다.

가볍게 동상 걸리기 일보직전.
쌩
귀 떨어지겠다. 지금 봄 맞지?
하아~

해빙기의 위험, 낙석

쿠릉
쿠릉

초봄에 가장 주의해야 할 위험은 낙석.
겨우내 얼고 녹기를 반복한
지표면이 들떠 있어,
바위나 나무 등을
생각 없이 잡았다가
돌이 쏟아지는 위험한 상황이
발생할 수 있다.

돌에 걸려
넘어지고 미끄러지거나
콰당~
윽!
단단하게 묻혀 있지 않은
바위를 밟았다가
척!
중심을 잘못 잡으면
응?
휘청~
무릎 관절과 발목에
부상을 입을 수 있다.
먼저 살짝 당겨보거나
건드려보는 것으로 확인하자!
낙엽 아래에
숨어 있는 빙판 때문에
미끄러지는 일도 많다.
스틱을 이용해
미리 확인하자.
계세요?
툭툭

꼭 필요한 겨울 장비

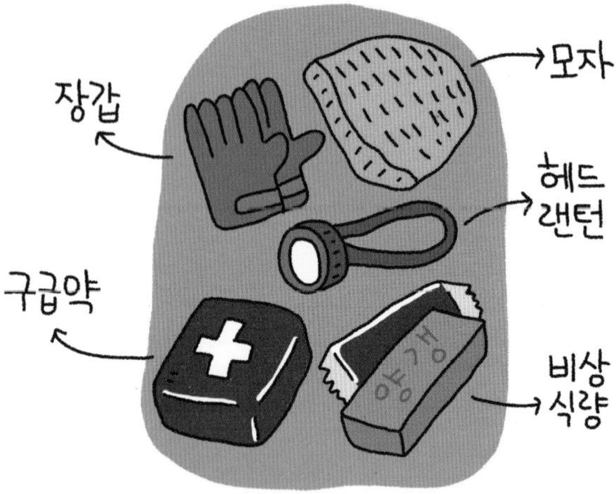
모자
장갑
헤드 랜턴
구급약
비상 식량

필수장비는 생존과 직결된 것들로
사시사철 언제나 배낭에 있어야 한다.
이외에도 변덕스러운 날씨에 대비한
보온복과 재킷을 챙긴다.

철컥
아이젠은 1,000m가 넘는
높은 산에 간다면
배낭에 넣는 것이 좋다.

옷 겹쳐 입기

일교차가 극심한 초봄 산행에서는
다른 어느 계절보다 체온 유지와 보온을!
안 추워?
난 으슬으슬한데…
세 겹을 겹쳐 입어도
추운 사람은
더 입어야 하고
반소매만 입어도
땀이 나는 사람은
과감히 벗어야한다.
더워!

빨리 다음 쉬는 데서 갈아입자.
덥겠다…
훅훅
더워!
아~ 더워!
어이~ 어이~
후~
그게 아니야! 반대라구!
걸을 때는 가볍게!
휴식시간에는 든든하게 입는 거야!
챡~
음…
챡

걸을 때는 땀이 나니 덜 입고,
휴식시간엔 하나 더 챙겨 입어서 따뜻하게 해주어야만
체온과 체력을 아낄 수 있다.

이제 그만 쉬고
출발할까?
그새 갈아
입었네…
응? 선배가
좀 늦네?
화장실
인가?
잠시후
아! 겉옷
갈아입었구나!
착
또 잠시후
또 갈아
입었다.
착
너무 자주 갈아입는거
아니야?
무슨 소리!
이게 잘 하는
거라고!
패션쇼
하는 것도
아니고…

산을 좀 탄다는 사람들이 수시로 옷을 벗었다 입었다 하며
부산을 떠는 것이 다 체온 유지를 위해서다.

4, 5월은 바야흐로 산에도 완연한 봄이 찾아오는 시기.
꽃이 만발하고 새가 울고 계곡물이 흐르고 햇빛이 반짝.
가을과 더불어 가장 산행하기 좋은 계절.
1,000m가 넘는 높은 산을 제외하고는
간단한 장비만으로 산행을 즐길 수 있다.

하~
날씨 좋다.
안녕~
종달새야!

하지만 날이 좋다고 내 체력까지 좋아지는 것은 아니니
산행에 대한 일반적인 준비는 철저히 할 것.

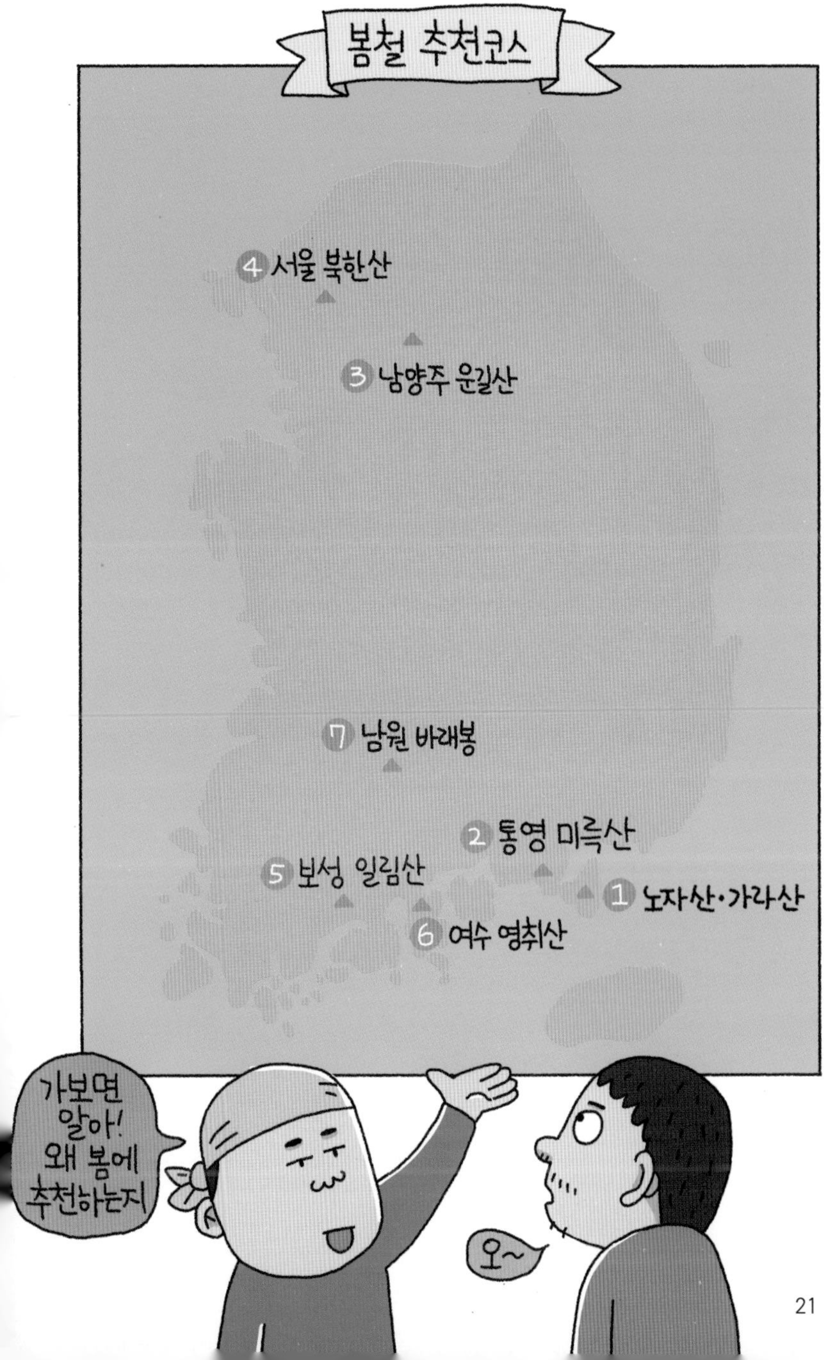
봄철 추천코스
4 서울 북한산
3 남양주 운길산
7 남원 바래봉
2 통영 미륵산
5 보성 일림산
1 노자산·가라산
6 여수 영취산
가보면 알아! 왜 봄에 추천하는지
오~

봄철 추천코스 1: 거제 노자산과 가라산

따뜻한 봄볕을 받으며
야생화도 보고 섬과 바다도 즐길 수 있는
봄산의 종합선물세트지.
거제도까지 와버렸다. 후후후…

대부분의 섬산은 혼자서 불뚝 솟아 있는 산인 데 반해
노자산은 거제 최고봉 가라산까지 능선이 이어져 있다.
길다…
섬산 같지 않아!
노자산 565m
가라산 585m
4시간 30분

노자산은 봄철 야생화 군락지로 유명한데
독특한 꽃을 쫓아가다 한려수도를 내려다보면
꽃에 취하고 바다에 취해 이름처럼 신선(노자 老子)이 된다.

이건 옥녀꽃대!
오~
흰젖제비꽃!
오~
각시붓꽃
오!
꿩의 바람꽃
음!
현호색
음
노루귀
……
꽃도 꽃이지만 이름을 다 아는 선배가 더 놀라워!
그리고 이건 쇠물푸레나무
은근히 박식해. 선배

거제자연휴양림에서
시작하는 코스니까 오늘은
일단 여기서 하룻밤 묵고
내일 일찍 최고의 컨디션으로
산행을 시작하는 거지!
응!
내일은 새벽에
정상에 도착해서
눈부신 일출을 보는 거야.
노자산
565m
캬~
두근두근
다음날 아침
벌떡!
헉!
늦었다.
망했다
응?
일어났네?
우씨~ 빨리 좀
깨워주지!
하도
곤히
자길래…
일출…
서둘러

이미 해는 중천
젠장 일출 놓쳤다! 헉헉
노자산
565m
우와~ 저것 좀 봐!
일출도 놓치고 뭐가 저렇게 좋다고…
궁시렁
일출을 놓쳤더라도 후회할 필요는 없다. 서쪽으로 섬들이 징검다리처럼 늘어선 아름다운 한려수도의 모습을 볼 수 있으니까.
그렇지? 일출이 아니어도 멋지다고!
이거이거… 멋진데!
햐~
노자산 좀 하는데…
니가 늦잠잔 게 원인이지만…

노자산 전망대에서
마늘바위 옆으로
펼쳐진
만개한 얼레지꽃!
옥빛 바다를
배경으로 우뚝선
암봉 뫼바위!
가라산 정상에서 바라보는 거제도 최남단
망산 일대와 다대해안, 저구리만은 일품.
캬~

거제 노자산과 가라산 추천 코스

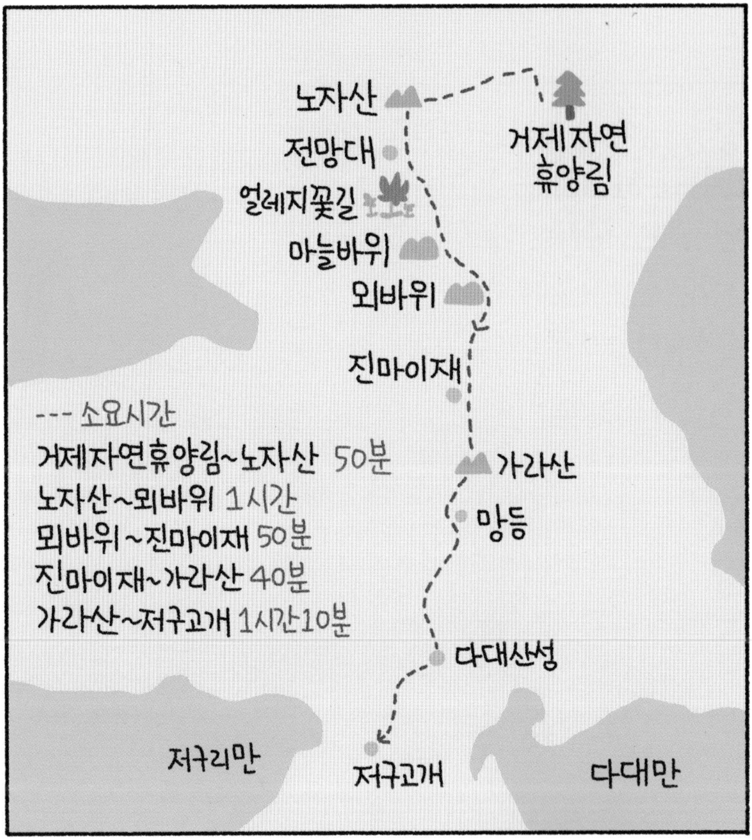

봄철 추천코스 2: 통영 미륵산

통영 남쪽에 다리로 연결된 미륵도.
그곳에 한려해상 최고의
전망대로 꼽히는 미륵산이 있다.
여기는 초보자들에게도
걷기 쉬운 코스다.

오~
케이블카가
있네!
응!
저거 타면
정상까지
10분이면 간다.

우와~
동백꽃
색이 달라!
용화사에서 띠밭등
가는길에 핀 동백나무숲!
내가 봄에 여기 오는
이유가 있다니까!

쭉쭉 뻗은 편백나무숲을 지나
음이온
♪~
피톤치드
♪~
정상에서 보는 통영 시내와
호수처럼 잔잔한 통영 앞바다!
여기가 아경이 그렇게 또 볼 만하다는군.
그…그래? 야경이라…
내년에는 반드시 연인과 함께 아경을…
훗
자기 넘 로맨틱 하다.
헤~

미륵산 통틀어 가장 조망이 좋은 신선대 전망대.
북쪽 통영항, 동쪽 한산도와 거제도 일대,
남쪽 소매물도 등이 한눈에 들어온다.
이순신 장군이 당포해전을 벌이던 해협.
들어는 봤니? 당포해전이라고 내가 여기서 외선 리척을…
죄송합니다 제가 명량을 안봐서…
이 시키가… 역사 공부 좀 해라!
"통영과 한산도 일대의 풍경 자연미를 나는 문필로 묘사할 능력이 없다.(…)우리가 미륵도 미륵산 상봉에 올라 한려수도 일대를 부감할 때 특별히 통영포구와 한산도 일쪽의 천연미는 다시 있을 수 없는 것이라 단언할뿐이다."
오~이건 정지용의 시비!
그만큼 멋지다 이거지!

하산하는 길에 만날 수 있는
도솔암 일대의 노란 피나물꽃 군락지.

아하하 선배! 나 잡아 봐라~
아하하 너 이새끼 잡히기만 해!
됐다! 그만둬! 덧없다.
그러게.. 재미없네.
왠지 서글퍼졌어.
쩝
구경도 잘 했으니 이제 집에 가볼까?
응?
잠깐!
코스는 아직 끝나지 않았어!
계절별미 자연산도다리쑥국
통영식당
멈칫
잉?

통영 미륵산 추천코스

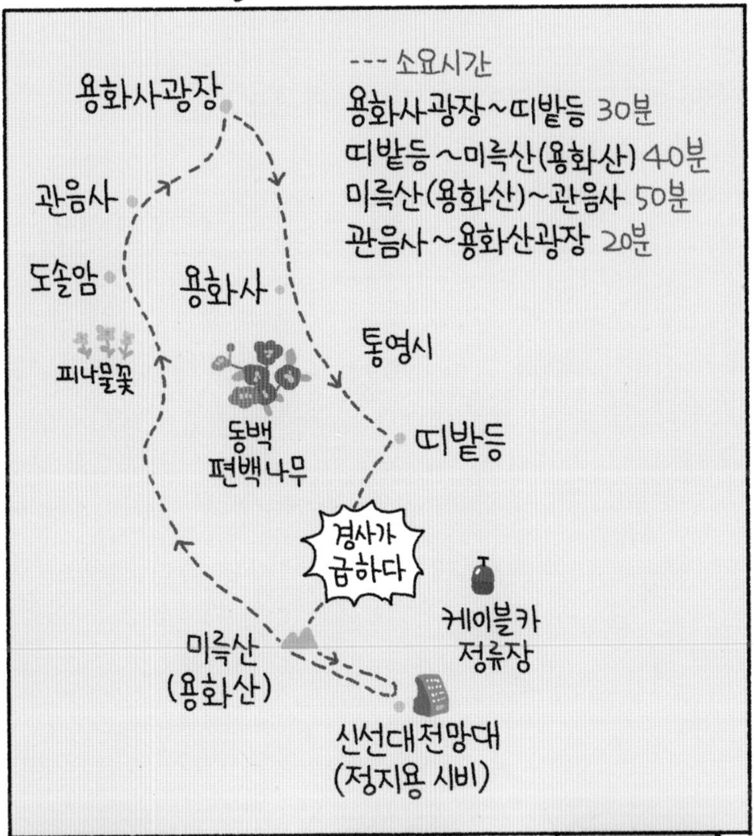

--- 소요시간
용화사광장~띠밭등 30분
띠밭등~미륵산(용화산) 40분
미륵산(용화산)~관음사 50분
관음사~용화산광장 20분
용화사광장
관음사
도솔암
용화사
피나물꽃
동백
편백나무
통영시
띠밭등
경사가 급하다
케이블카 정류장
미륵산 (용화산)
신선대전망대 (정지용 시비)

여기 왔으면 마무리로 도다리 쑥국은 먹어줘야지!
캬~
맛있어! 행복해!
너 이녀석! 뭘좀 아는구나~
음~

봄철 추천코스 3: 남양주 운길산

서울에서는 전철을 타고 갈수 있는 가까운 운길산.
회기역에서 운길산역까지 35분.
가벼운 마음으로 가보자.

덜컹덜컹
선배!
왜?
우리 산에 가는거 맞지?
복선 전철이 뚫려서 편해졌지!

수종사의 찻집 '삼정헌'에서 차 한잔하며 풍경을 즐겨보자.
봄이면 운길산은 두물머리 강물과 함께 반짝반짝 빛이 난다.
와~

피부병을 앓던 세조는
제길~ 짜증나!
전국의 명산대찰을 돌아다니며 병이 낫기를 기도했다고 한다.
비나이다 비나이다
그러던 중 한양으로 돌아오던 길에 두물머리에서 하룻밤 묵는데 어디선가 은은한 종소리가 들렸다.
응? 무슨 소리지?
통~
통~
통~
종소리인가? 힐링되네~
다음날 찾아보니 산중턱 바위굴에서 물이 떨어지는 소리였다.
소리가 어찌나 곱던지…
그래서 그곳에 생긴 것이 '물의 종', 수종(水鐘)사.
흐음~

'동방사찰 제일의 전망'이라고 서거정이 극찬한
수종사에는 세조가 심었다고 전해지는
500년 넘은 은행나무가 있다.
그 너머 청계산, 유명산, 용문산 사이로 해가 떠오르는
수도권 최고의 일출을 맛볼 수 있다.
훗!
내가 심어두길 잘했지?
우와~

운길산 정상 도착!
훗!
운길산
610M

정상에서는 북한산과 도봉산이 한눈에 들어온다.

북한산
불암산
도봉산
수락산
서울은 정말 산에 싸여 있구나!
북한산까지 한 눈에!

남양주 운길산 추천코스

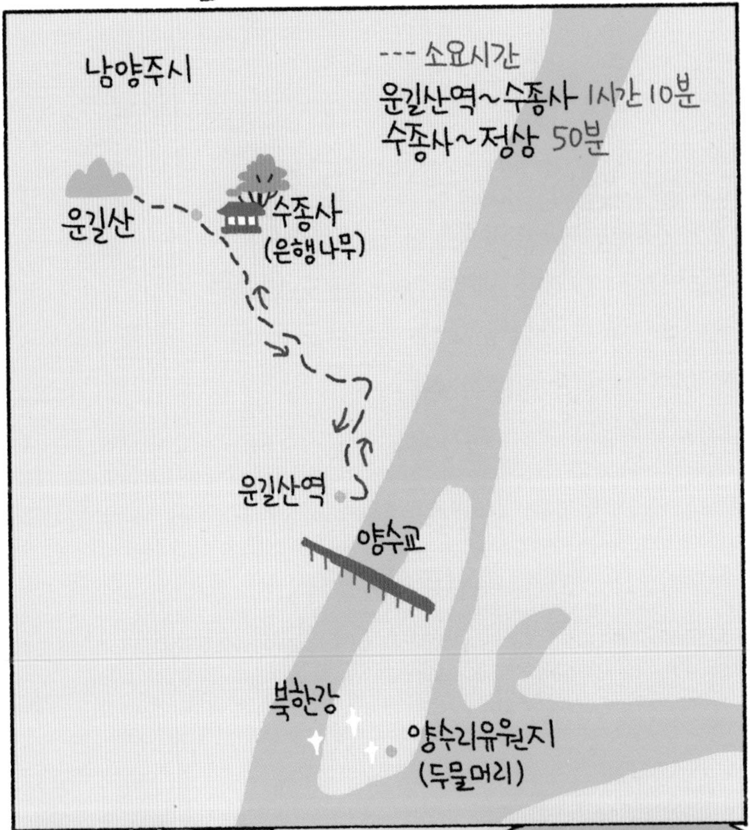
남양주시
--- 소요시간
운길산역~수종사 1시간 10분
수종사~정상 50분
운길산
수종사
(은행나무)
운길산역
양수교
북한강
양수리유원지
(두물머리)

커~
드르렁
오는 길에 졸다가 내리는 역을 지나치지는 말라고!!
덜컹 덜컹

봄철 추천코스 4: 서울 북한산

수도 서울에 축복처럼 내려진 북한산은
32개의 화강암 봉우리가 특징인 바위산으로
암벽등반까지 가능한 제법 험한 코스도 많지만,
진달래능선과 북한산성 코스는 초보자도 도전해볼 만한 코스!

붉은 진달래와 유백색의 백운대가
그림같이 어울리는 봄이 절경이다.

뭘까…쉽지 않아 보이는데, 바위산이라
쫄지마! 너 같은 초보랑 그런 길을 가겠냐?

봄은 진달래지!
캬~ 봄이구나!

하여간 쫄기는… 겁 먹지 말고 조심조심 올라와. 금방이니까!
선배! 진달래도 봤으니… 그냥 가지?
무리야 힘들어!
대동문에 가기 직전 최대 난코스. 가파른 암릉이 나와서 로프를 타고 올라가야 한다.
결국 올라옴
뭐… 별거 아니네.
헉 헉
두근두근
방금 체력 너무 소모한 거 있지! 나 빨리 먹어 줘야돼! 안 그럼 쓰러져!
하여간 엄살은… 그럼 안에 공터에서 먹고 가자!
꼬르륵~

천혜의 산성인 북한산성은 삼국시대부터
성을 축조한 기록이 있다고 한다.
현재 남아 있는 성은 병자호란 이후 조선 숙종 때
대대적으로 증축된 것이다.

하산길은 되돌아가지 말고 북한산성 코스를 가자!
햐~ 배부르다. 이제 좀 살겠네.
이제 진달래 능선은 끝나는 건가?

최근 복원 된
산영루
조선시대 실학자 성해응이
북한산의 4대 절경으로
꼽은 여울 향옥탄.
그때 무슨 SNS가
있어야 말이지.
예전에 김시습이
산영루에서 시를 써서
계곡에 띄웠다는군.

하산길인 북한산성계곡(백운동계곡)은
설악산 계곡에 버금갈 정도로
바위들이 많다.
생각보다
걷기 쉽다.
물소리를 들으며
호젓하게 하산
하는 거지.
졸졸졸~

서울 북한산 추천코스

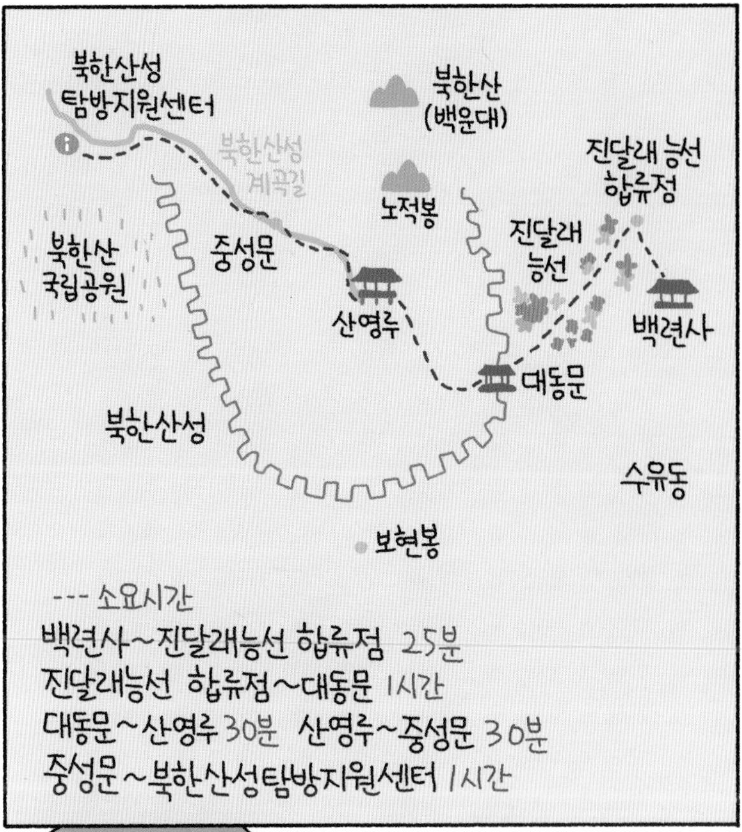
북한산성
탐방지원센터
북한산성
계곡길
북한산
(백운대)
노적봉
진달래 능선
합류점
진달래
능선
북한산
국립공원
중성문
산영루
백련사
대동문
북한산성
수유동
보현봉
--- 소요시간
백련사~진달래능선 합류점 25분
진달래능선 합류점~대동문 1시간
대동문~산영루 30분 산영루~중성문 30분
중성문~북한산성탐방지원센터 1시간

진달래꽃… 나 보기가 역겨워 봄부터 소쩍새는 그렇게 울었나보다…
뭔가 많이 섞여 있어…

봄철 추천코스 5: 보성 일림산

녹차로 유명한 보성의 또다른 자랑은 철쭉.
4월 말, 5월 초면 일림산 일대 100만 평에 철쭉이 만개한다.
일림산은 짧은 코스는 아니지만
길이 순한 능선으로 이루어져서
말 그대로 걷기를 즐기는 코스.
아이들도 함께할 수 있다.
우와~ 철쭉꽃 색이 원래 이렇게 진한가?
해풍 맞고 자라서 유난히 붉고 선명하다네…

진짜
길다…
풀냄새
좋고!
스읍~

들머리는 용추계곡. 편백나무숲 계곡을 따라
100m쯤 오르면 용추폭포.
70도 경사의 석벽을 타고 시원스럽게 흘러내린다.

읏 차거!

일림산 정상 일대는 철쭉의 향연.
붉은 철쭉과 푸른 바다가 넘실넘실.
일림산 정상에서 내려다 보는 풍경이 예술이지.
붉은 철쭉과 푸른 바다의 조합이 되게 비현실적이야~

대나무잎같이
생겼네.
봐봐!
이게 산죽이야.

봉수대 삼거리에 나와서 바라보는 일림산이
가장 아름다운데, 그곳에서 보성강 발원지인
선녀샘까지 이어지는 철쭉과 산죽이 하이라이트!

몇 사발을
마시는
거냐!!
꿀꺽
꿀꺽
선녀샘
선녀샘이라
그래서인지 물이
더 맛있는거
같아!
그러게…

보성 일림산 추천코스

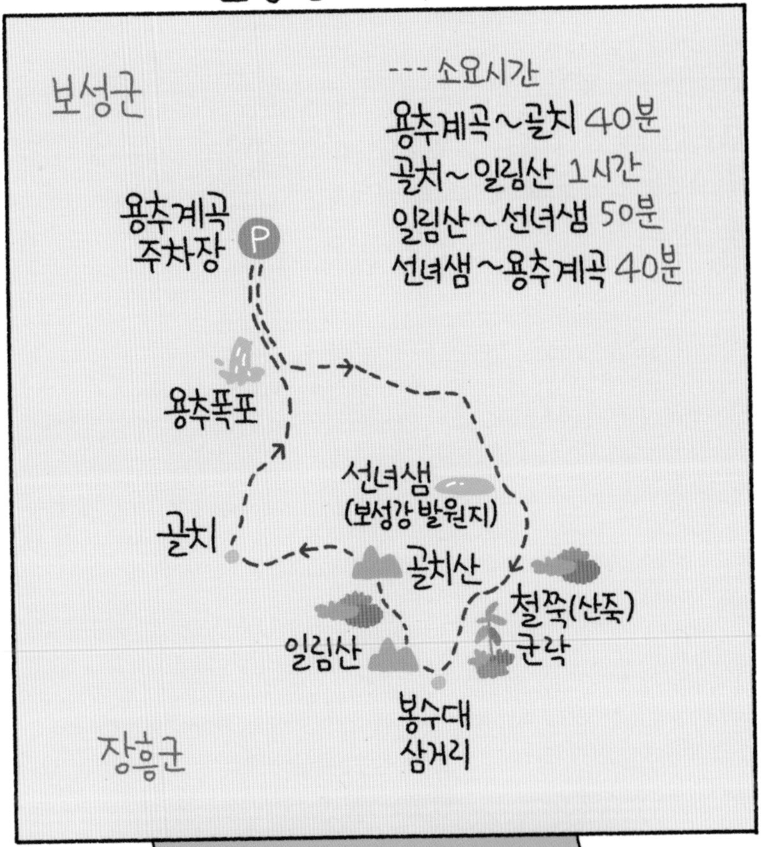

보성군
--- 소요시간
용추계곡~골치 40분
골치~일림산 1시간
일림산~선녀샘 50분
선녀샘~용추계곡 40분
용추계곡 주차장
P
용추폭포
선녀샘 (보성강 발원지)
골치
골치산
철쭉(산죽) 군락
일림산
봉수대 삼거리
장흥군

돌아가는 길이 아쉽다면? 녹차 먹인 돼지와 소, 바지락과 꼬막등 보성에는 맛봐야 할 음식이 천지.
나 가끔 먹기 위해 등산하는 게 아닌가 싶어.
너의 경우 그런 것도 같아
아구 아구
냠냠
아무렴 어때!

봄철 추천코스 6: 여수 영취산

영취산 하면 진달래, 진달래 하면 영취산.
국내 최대 규모의 진달래 군락이 자리잡고 있다.
초입부터 봄꽃으로 물든 산이 장관이다.

북한산의 진달래와는 다른 맛이 있네.
오~심장이 쿵광거려.
쿵 쾅
쿵 쾅

459봉에서 뒤돌아보면 진달래밭 너머 공장지대가 보이는데
마치 미래 소년 코난에 나오는 한 장면 같다.
사실 진달래가 많은 데는 여천공단이 한몫을 했다.
공해 때문에 다른 수종은 다 죽고
생명력 강한 진달래만 무성해진 것이다.

개구리바위(코끼리바위 또는 기차바위)에
직접 올라가도 조망이 좋지만
영취산 시루봉에서 바라보면
웅장한 개구리바위와
저 너머 바다가 함께
눈에 잡힌다.
안 올라가?
뭐 굳이 안 올라가도 여기서 보는 것도 충분해.

움푹 꺼진 지형의 봉우재에서
잠시 숨을 고르고,
휴~
정상은 과감히
패스!
응? 패스? 또?
그래도 돼?
정상만이 등산의
목적이 아닌겨!
저야 뭐…
선배 가는 대로
오른쪽으로 꺾어 완만한
길을 내려가 흥국사로 간다.
……
이승에서
고생들이
많구나!
고생일 것
까지야…
……
고려시대 보조국사 지눌이 창건하였다는
천년고찰 흥국사에는 보물이 몇 개 있지만,
그중 백미는 조선 인조 때(1639년경) 세워진 홍교(보물 563호).
한국에서 가장 큰 아치형 돌다리. 부처의 세계와
속세를 분리하는 의미라 한다.

여수 영취산 추천 코스

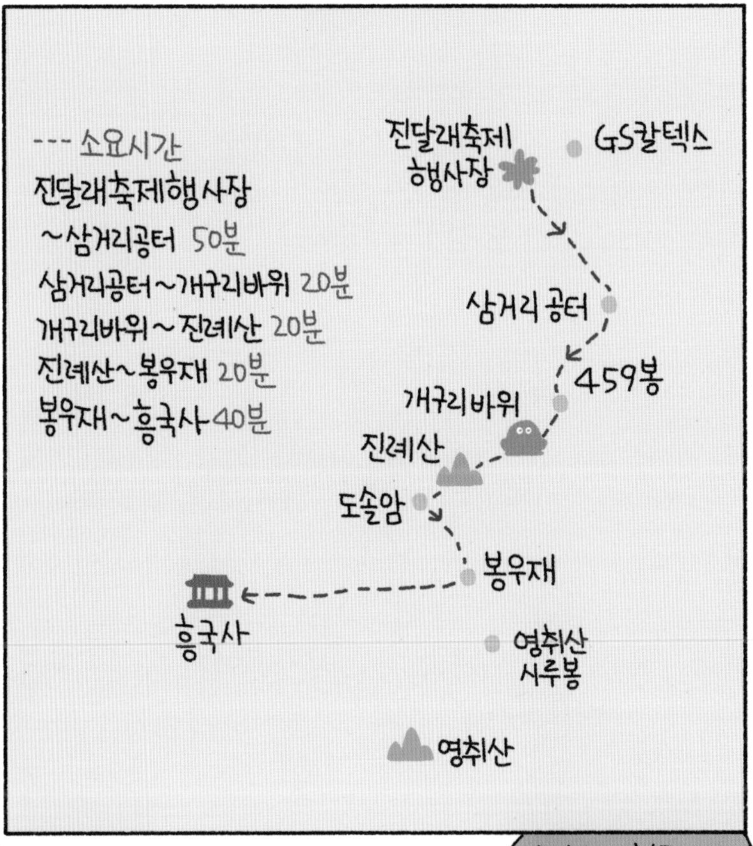

--- 소요시간
진달래축제행사장
~삼거리공터 50분
삼거리공터~개구리바위 20분
개구리바위~진례산 20분
진례산~봉우재 20분
봉우재~흥국사 40분
진달래축제
행사장
GS칼텍스
삼거리 공터
459봉
개구리바위
진례산
도솔암
봉우재
흥국사
영취산
시루봉
영취산

오늘 왠지 패스한 길이 많지 않았어?
저번에 힘들다고 징징대서 생각해서 쉬운 코스로 갔더니 이 시키가…
좀 안일해… 선배!

봄철 추천코스 7: 남원 바래봉

백두대간 줄기를 따라 솟은 산들,
그 아래 펼쳐진 운봉고원. 그 속의 바래봉은
지리산 서북쪽의 작은 봉우리였지만
철쭉 군락으로 인기를 얻기 시작했다.

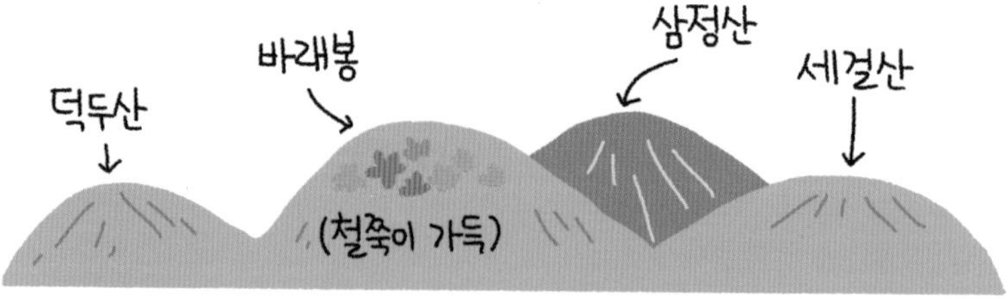
덕두산
바래봉
삼정산
세걸산
(철쭉이 가득)

여기가 원래 국립종축원의 목장지대였는데 면양이 새순을 다 뜯어먹어 어쩔 수 없이 독성이 있는 철쭉을 심었다고 하네.
메~ 메~
우리가 먹으면 얼마나 먹는다고…
도대체 얼마나 먹어댄 거냐
우물 우물

시작점인 전북학생교육원부터 세동치까지
펼쳐진 소나무숲길을 지나며 싱그럽게 산행을 시작한다.
♪
세동치부터 부운치를 지나 팔랑치까지 철쭉이 장관이지만
특히 팔랑치 근방의 드넓은 구릉지대가 절정.
주변이 온통 붉은빛이다.
오~ 우리나라 같지 않아!

어쩔래? 당연히 올라갈 거지?
어? 어 가야지…
또 궁시렁 대기만 해!
바래봉 급경사주의!!
얼마나 급경사길래…
저번에 괜한 소리를 지껄였어! 철쭉만 보고 가도 되는데…
앙?
궁시렁궁시렁
쯧!

정상인 바래봉에 가기 직전에 급경사가 있어서 철쭉만 보고 돌아가는 등산객도 꽤 되지만 바래봉에서의 조망은 놓치기 아깝다. 지리산 천왕봉부터 노고단까지 지리산 주능선이 파노라마로 펼쳐진다.

하~ 올라오길 잘했다!
무슨 생각 하는 지 보인다. 이놈아

남원 바래봉 추천 코스

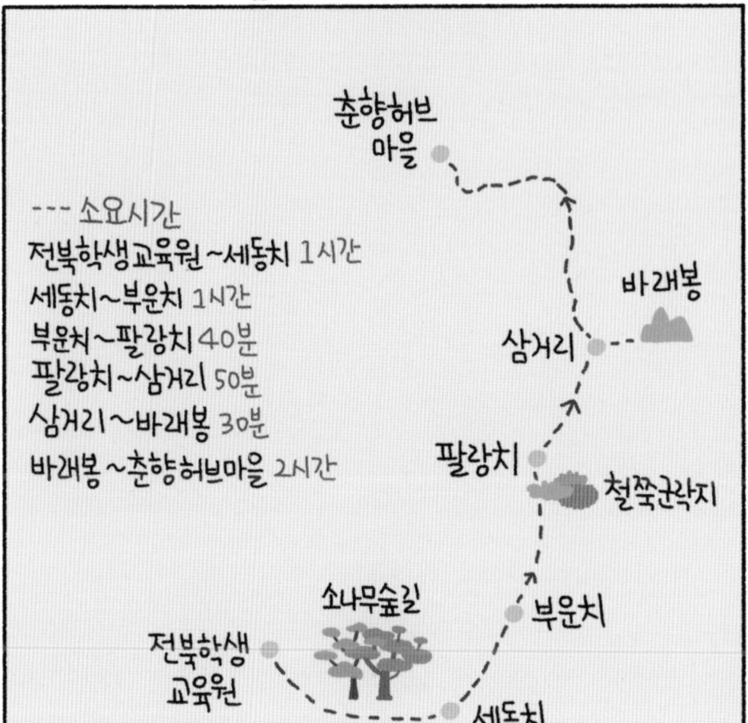

--- 소요시간
전북학생교육원~세동치 1시간
세동치~부운치 1시간
부운치~팔랑치 40분
팔랑치~삼거리 50분
삼거리~바래봉 30분
바래봉~춘향허브마을 2시간
춘향허브
마을
바래봉
삼거리
팔랑치
철쭉군락지
소나무숲길
부운치
전북학생
교육원
세동치

올 봄 꽃구경은
덕분에 실컷
했네!
근데 이제 슬슬
덥다.
그러게 이제
곧 여름이네!
꿀꺽

2부

여름

6월 ~ 8월

시원하고 상쾌한 여름

여름은 봄가을 못지않게 산행하기 좋은 계절!
나무가 우거지고 계곡이 콸콸 흐르는 산의 여름은
도시에서보다 훨씬 시원하고 상쾌하다.

전기세
없는
자연산
에어컨

필요한 산행 장비도 상대적으로 적고,
추락이나 낙상 사고 등의 위험 요소도 거의 없다.
게다가 낮이 길어 충분한 시간을 산에서 보낼 수 있다.

해도
길고…
몸이
가볍다!

하지만 산은 여름이
기상변화가 심하다.
만만하게 생각하면 못써!
응
지구 온난화로 인한
게릴라성 호우!
쏴!
쏴~
폭우로 불어난 계곡물
사… 살려~
꼬륵~ 꼬륵~
콰직!
악!
낙뢰와 관련한 산악 사고는
모두 7~8월에 발생한다.
일사병, 열사병에 걸릴 위험도 있으니
쉬엄쉬엄 오르고 미리미리 물을 마시자.
물… 물 마셔!
학
학
어질
어질
학

여름 산행 준비물

물통을 산행 전날에 냉동고에 넣었다가 다음날, 수건이나 물통 케이스에 넣어 가져오면 된다.
크~ 시원!
얼음물

직접 내리쬐는 뜨거운 햇빛을 막아 주는 모자.
나 맞게 입은 거지?
밭일하러 가는 것 처럼 보이려나?
난간을 잡거나 넘어졌을 때 손을 보호해주는 여름용 장갑

방수와 보온 의류
게릴라성 호우에 대비한 고어텍스 재킷이나 우의
체온을 유지할 수 있는 바람막이
땀을 많이 흘린 산행 후 갈아입을 여벌의 양말과 티셔츠
선크림과 선글라스
SPF 50+ PA++
THE BODY
SUN
수분이 많은 채소와 과일

땀 흘리며 산에 올라 정상에서 맞는
시원한 바람도 최고지만 진정한 피서는
계곡물에 발을 담가야 완성된다.
콸콸 쏟아지는 폭포도 여름산의 볼거리!

너 사실은 바다 가고 싶은 거지…
헤헤
아니… 뭐 계곡에서 수영할 수도 있잖아

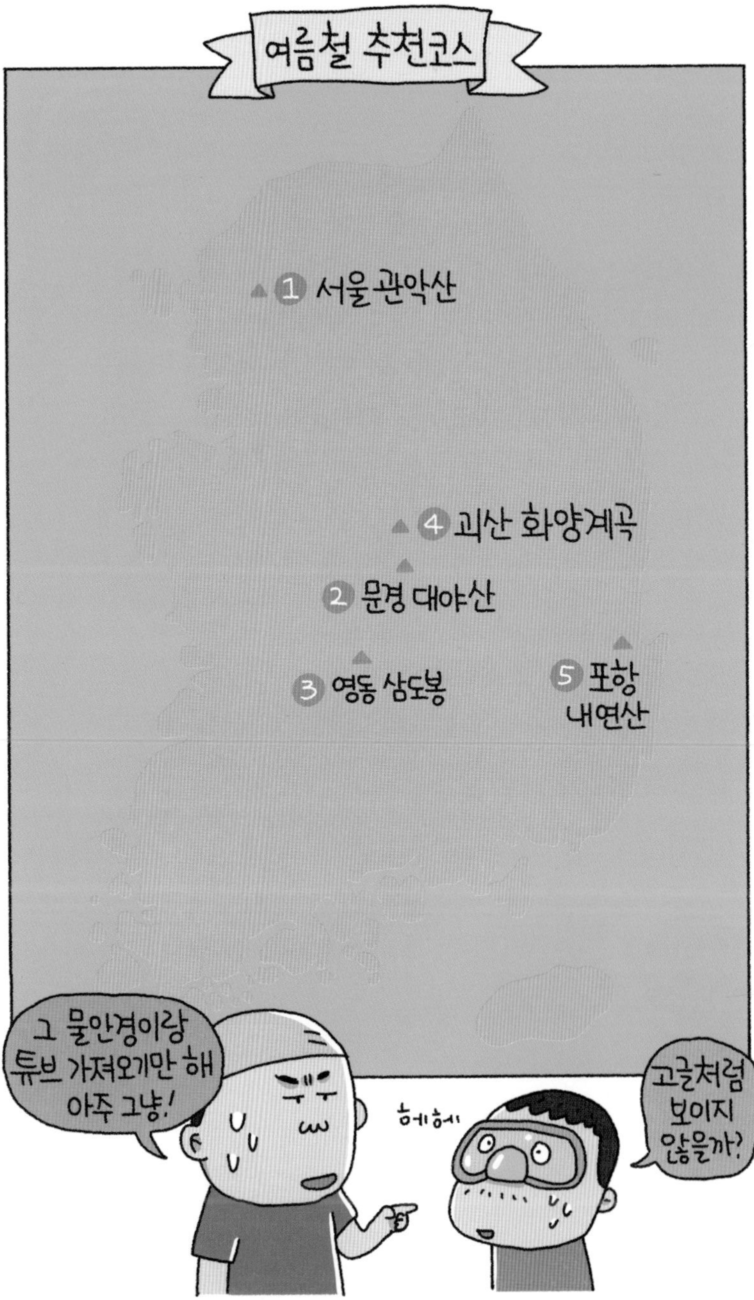
여름철 추천코스
1 서울 관악산
4 괴산 화양계곡
2 문경 대야산
3 영동 삼도봉
5 포항 내연산
그 물안경이랑 튜브 가져오기만 해 아주 그냥!
헤헤
고글처럼 보이지 않을까?

여름철 추천코스 1: 서울 관악산

관악산은 대도시 서울에 있지만 웅장한 산세를 자랑한다.
악 자가 들어가는 산인 만큼 어느 등산로든 험한 암릉을
만나게 돼 있어서 엄두가 안 나지만,
그 속에 숨어 있는 부드러운 계곡길이 바로 무너미고개.
비탈이 거의 없고, 서울대 수목원도 옆에 있어
가족들이 찾기에 그만이다.

악 자 들어가는 산은 험하다며… 안 그래도 더워서 금방 지칠 텐데…
걷기 쉬운 코스가 있어! 그리고 거기 별로 안 더워!
비탈도 없고!
그만 좀 징징대!
더위에 약함
수목원도 있고
얘…또 시작이다

서울 관악구와 경기도 안양을 이어주는 무너미고개는
고갯마루를 정점으로 양편으로 시원하고 풍경 좋은
계곡이 이어져 여름철에 즐기기 더없이 좋다.

♪~
웃 차거!

시원하지?
햐~
서늘한데!

전망에 아쉬움이 남는다면, 고개 정상보다는
하산길에 팔봉능선 쪽으로 발길을 틀어
첫번째 봉우리 제1봉에 들러보자.
15분쯤 가파른
오르막 길이 있었지만
뭐 이정도 쯤이야…
땀 장난
아님 →
훗!
부들
부들!!
하산 후 떠나기 전
안양예술공원의
많은 조형물에서
기념사진도 한 컷.
찰칵

서울 관악산 추천 코스

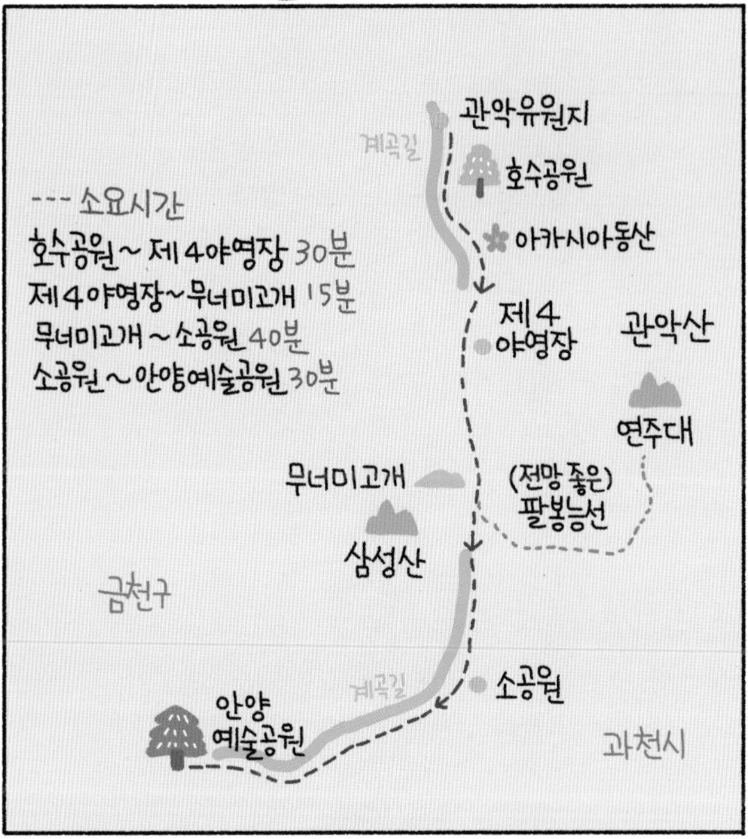

관악유원지
계곡길
호수공원
--- 소요시간
호수공원 ~ 제 4야영장 30분
제 4야영장 ~ 무너미고개 15분
무너미고개 ~ 소공원 40분
소공원 ~ 안양예술공원 30분
아카시아동산
제 4
야영장
관악산
연주대
무너미고개
(전망 좋은)
팔봉능선
삼성산
금천구
계곡길
소공원
안양
예술공원
과천시

그만 가자!
먼저 가셔~
나는 더 놀다가
지하철 타고
갈 테니

여름철 추천코스 2: 문경 대야산

문경 대야산은 백두대간의 산으로
속리산국립공원에 속해 있다.
대야산은 덩치는 작지만 암릉으로 이루어져
바위와 계곡이 좋은 산.
초보자에겐 다소 어렵지만 경험 많은 리더와
함께라면 도전해볼 만하다.

화강암반으로 이루어진 골짜기는 물이 유난히 맑다.
출발점이 되는 용추계곡 입구 왼쪽으로 수려한 암반이 펼쳐진 무당소.
아~ 시원
여기가 말야 왜 무당소인고 하니…
원래 장에 가는 사람들이 말에 물건을 싣고 가다가 말에게 물을 먹이던 장소였다는데
꿀꺽
꿀꺽
어느 날 새색시가 빠져 죽어서
색시!
이 결혼 나는 반댈세!
꼬르륵
너무 내 타입이 아녀서 있지!
무당을 불러 굿을 했더니
덩덕쿵
창창~
어찌된 영문인지 무당까지 빠져 죽었다.
에잇! 더워서 못 해먹겠다. 다이빙
이것들이 한 여름에 굿을 시켜?
첨벙!
내… 내가 그런 말에 겁먹을 것 같아!
왠지 한기가…
빨리 이동하자!

무당소에서 암반을 따라 15분쯤 올라가면
시원한 물소리의 용추폭포가 나타난다.
용이 하늘로 오른 곳이라고 하고,
용비늘 흔적 같은 자국도 있다.
오~
하트 모양으로
깎인 소(沼).

보라!
저 능선을
정상인 상대봉 일대도
암반으로 되어 있어 조망이 탁 트여 있다.
눈앞에 펼쳐진 속리산 연봉, 촛대봉,
장성봉까지 백두대간이 장관.

정상인 상대봉에서 월영대까지 피아골을
지나가는 길은 급경사라서 자신이 없다면
왔던 길로 돌아가는 것도 방법.
단호!
응! 돌아가자 왔던 길로…
난 나의 허술한 체력을 잘 알고 있지.
결단이 빠르고!

하산길에 다시 만나는 월영대.
계곡물에 발을 담가보면 산행의 피로도 풀린다.
♪~
아푸 아푸~

문경 대야산 추천 코스

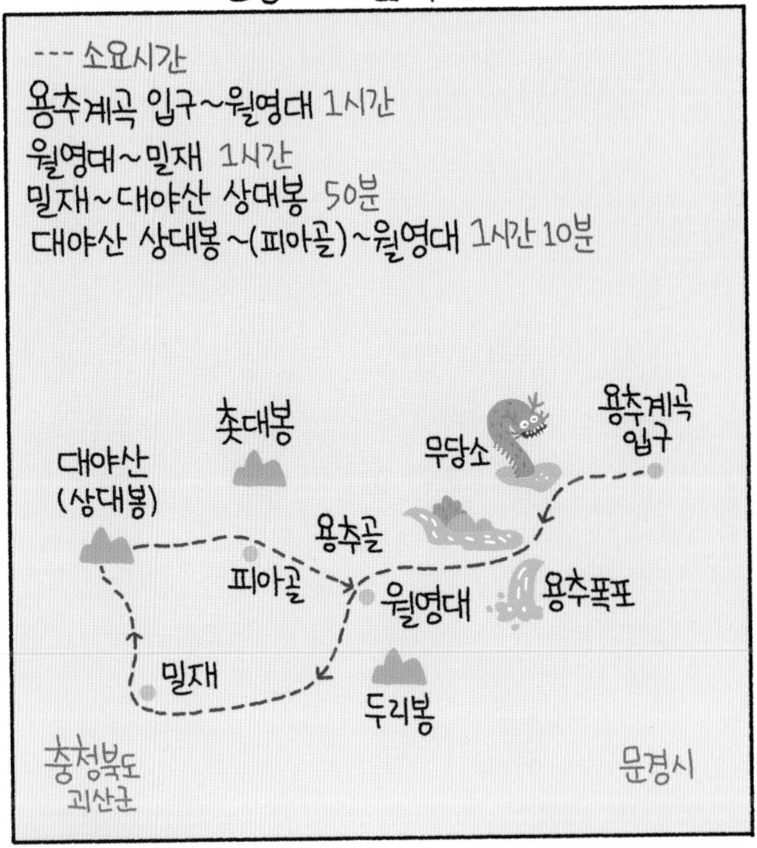

--- 소요시간
용추계곡 입구~월영대 1시간
월영대~밀재 1시간
밀재~대야산 상대봉 50분
대야산 상대봉~(피아골)~월영대 1시간 10분
촛대봉
대야산 (상대봉)
무당소
용추계곡 입구
용추골
피아골
월영대
용추폭포
밀재
두리봉
충청북도 괴산군
문경시

사실 로프 잡고 올라가도 괜찮은데… 선배 힘들까봐…
응…그래 고마워…
어느 주둥이가 떠드는 게냐…

여름철 추천코스 3: 영동 삼도봉

내가 나누고
이름 지었노라…
경상도
충청북도…
전라도
삼도봉은 태종 14년 조선을 팔도로 나눌 때
충청도, 전라도, 경상도의 분기점이 되어
삼도봉이라는 이름을 갖게 되었다.
이곳에 오르면 남한의 중심에 서 있는 느낌이다.

와~계곡!
졸졸졸~
오~엄청 차가운데!
물이 차갑다고 해서 한천이래!
정신이 번쩍!
졸졸~
졸졸졸~
여기도 한천
음…
여기도 한천
음…
졸졸졸~
다 좋은데 이 계곡 엄청 길지 않아?
시원하니 좋구만 뭘.

황룡사를 지나면 잣나무숲이 폐 속을 씻어내준다.

후~
쓰읍~
♪~
옥소폭포!
의용골폭포!
물한계곡에는 아기자기한 폭포들이 곳곳에 있어서 소소한 재미를 준다.
음주암 폭포!

삼마골재 능선에 올라서 삼도봉에 가까워지면
야생화밭이 펼쳐지는데
여름엔 하늘나리와 박새꽃이 절정이다.
또한 특이하게도 보랏빛 일월비비추가 군락을 이루고 있다.

박새꽃
다른 나라와 달리 하늘을 바라보고 피어서 하늘나리
일월 비비추!
훗!
이 인간 진짜… 은근히 아는 게 많단 말이지.

남서쪽에는 황악산, 대덕산과 덕유산으로 이어진
백두대간 능선이 펼쳐진다.
사방으로 나를 둘러싼 산들이
마치 나를 향해 천지를 울리며 말달려오는 듯한
호쾌한 기운이 느껴진다.

영동 삼도봉 추천 코스

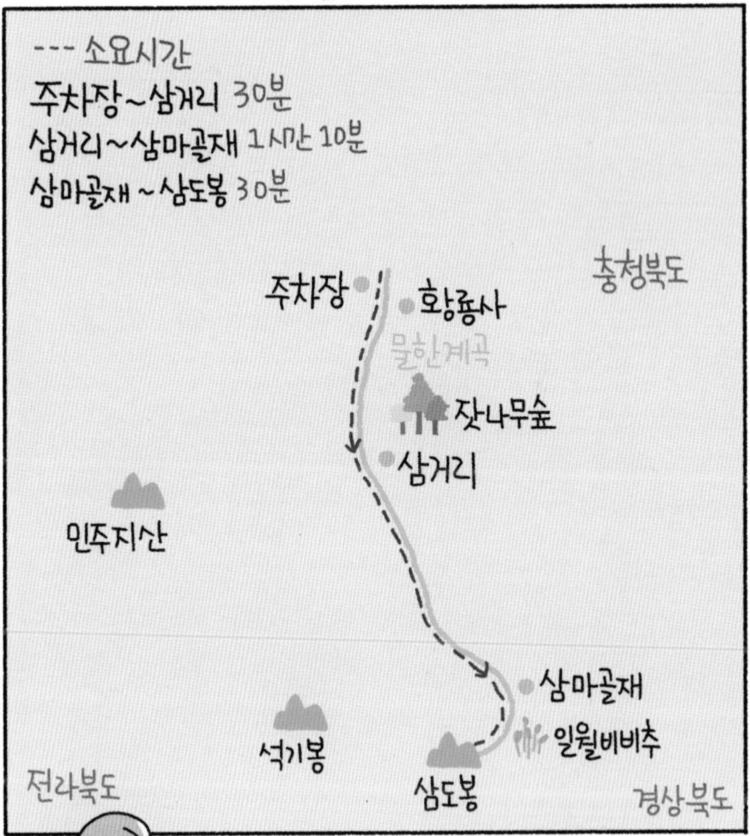
--- 소요시간
주차장~삼거리 30분
삼거리~삼마골재 1시간 10분
삼마골재 ~삼도봉 30분
충청북도
주차장
황룡사
물한계곡
잣나무숲
삼거리
민주지산
삼마골재
일월비비추
석기봉
삼도봉
전라북도
경상북도

여름철 추천코스 4: 괴산 화양계곡

속리산국립공원의 북쪽에 자리잡은 화양계곡은
울창한 숲과 맑은 물과 넓은 반석이 어울려
완만한 산책로를 따라 약4km를 걸으며
아홉 곳의 절경, 화양구곡을 찾아보는 것이 포인트.

1곡 경천벽
소나무와 어우러진 기암의 모습이 하늘을 떠받치고 있는 듯하구나~
성리학의 대가 우암 송시열이 사랑한 화양계곡. 그가 정계에서 은퇴하고 이곳에 은거하던 중 직접 아홉 개의 이름을 붙인 것이다.

주차장에서 본격적인 계곡으로 들어와
작은 다리를 건너면 화양계곡 최고의 물놀이 장소
2곡 운영담
읏차!
통 통 통 통 통
첨벙!

조선 말기 한량으로 전국을 떠돌던 대원군은
화양서원 안의 명나라의 두 임금의 위패가 봉안된
만동묘의 묘지기에게 봉변을 당했다고…
너 우씨~ 나 누군지 알아?
어이! 아저씨! 말에서 안 내려? 앙?
조선시대 양반들이 말에서 내리던 하마비

3곡 읍궁암

3곡 읍궁암 앞에는 만동묘 덕에 위세를 떨친 화양서원이 있다.
위세가 지나쳐 나중에는 관리와 백성들을 수탈하기까지 했다고 한다.

그래? 괘씸하다! 서원 폐지시켜!
확 그냥~
전에 문지기한테 욕먹어서 보복하는 건 절대 아니고…
→ 대원군

4곡 금사담은 화양계곡의 중심이자 최고의 절경이다.
맑고 깨끗한 물에 모래 또한 금싸라기 같다 해서 붙여진 이름.
옥빛 물 너머 큼직한 바위에는
우암이 제자를 가르치던 암서재가 있다.

내 말을 알겠느냐?
계곡소리가 시끄러워 잘 못 들었는데요.
이 시키가… 장난하냐?
4곡 금사담
5곡은 별 보기 좋은 바위 첨성대
거기서 다리를 건너면 위풍당당한 6곡 능운대.

긁적
용이 길게 누운 듯한 7곡 와룡암
백학이 집을 짓고 새끼를 쳤다는 8곡 학소대.
여기 터가 괜찮아!

마지막 9곡까지 이어진 완만한 오르막 숲길은 인적이 드물다. 15분쯤 걸으면 나타나는 용의 비늘 같은 새 하얀 너럭바위가 보인다. 이곳이 대단원인 9곡 파천. 금사담과 더불어 화양구곡의 절정이다.

9곡 파천

괴산 화양계곡 추천코스

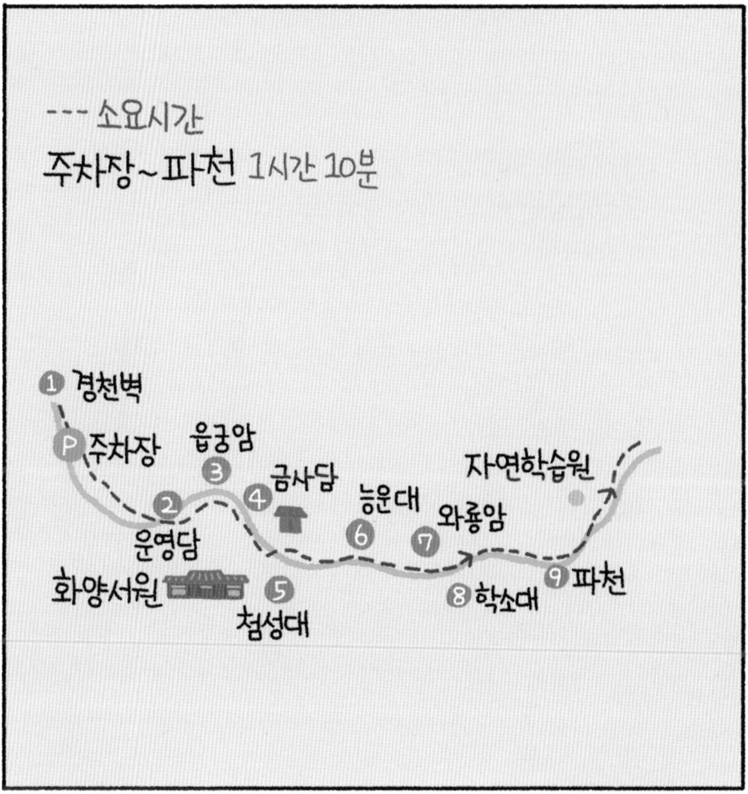
--- 소요시간
주차장~파천 1시간 10분
1 경천벽
P 주차장
2 운영담
3 읍궁암
4 금사담
5 첨성대
6 능운대
7 와룡암
8 학소대
9 파천
화양서원
자연학습원

햐~ 빠진없이 다 갔네!
송시열 그 양반 보는 눈이 있네!
아홉 군데를 한번에 다 보니 거기가 거긴가 싶기도 하고…
재 뭔데 저렇게 건방지니?

여름철 추천코스 5: 포항 내연산

군립공원인 내연산은 풍광과 생태적 가치로 보면
국립공원에 비해도 격이 떨어지지 않는다.
내연산의 한가운데 형성된 30여 리의 길고
깊은 골짜기가 보경사계곡이다.
보경사계곡은 빼어난 폭포가 많은 폭포 전시장.

여름철에는
정상 등반보다
폭포 감상 트레킹으로
잡는 게 좋다.

우와~
소나무 라인이
예술이야.

솔숲을 지나 들어가는 보경사에는 천년이 넘은 오층석탑이 있다. 국사가 된 승려 원진국사를 기리는 원진국사비가 최고의 보물.

계곡에서 처음 만나는 상생폭포. 흰 돌기둥처럼 쏟아져내리는 두 줄기의 계곡물도 장관이지만 기화대 절벽과 크고 깊고 검푸른 소 기화담이 압권이다. 폭포 옆계단을 오르면 여름철엔 낙숫물 소리에 귀가 멍멍해질 지경.

상생폭포를 지나 좀더 오르면 계곡 한가운데
병풍 같은 바위가 나타나는데
그곳에 걸린 작은 폭포 2~3개가 바로 보현폭포.

가는 길에 만나는 폭포의 절경들.
이정표를 따라 산길을 벗어나 숲길로 가면 삼보폭포와 잠룡폭포.

보경사계곡의 최고 절경은 관음폭포.
비하대, 학소대 등의 기암을 병풍처럼 두르고 있다.
넓은 소인 감로담, 폭포 줄기 옆으로 난 관음굴,
그 위의 연산구름 다리, 한폭의 그림으로 완성된다.
해골 형상의 관음굴 안으로 들어가면 떨어지는 폭포의 물을 만질수 있다.
가자! 가자!

연산구름다리를 건너면 굉음과 함께
30미터 높이에서 떨어지는 장엄한 연산폭포를 만난다.
이곳을 보고 우담 정시한이 <산중일기>에서
"용추는 금강산에도 없는 것"이라고 극찬했다고 한다.

콰아~
정시한이 누구냐?
금강산에 가본 적이 있어야 말이지…
……

겸재 정선은 이곳의 풍경을 바탕으로 <내연삼용추도>를 그렸는데 여기서 용추는 폭포 아래 소를 말하며 삼용추는 연산폭포, 관음폭포, 잠룡폭포 일대를 가리킨다. 실제로는 한눈에 보이지 않는 절경이지만 그림에서는 사이좋게 모여 있다. 겸재의 <진경산수화>가 여기서부터 시작되었다고 한다.

포항 내연산 추천코스

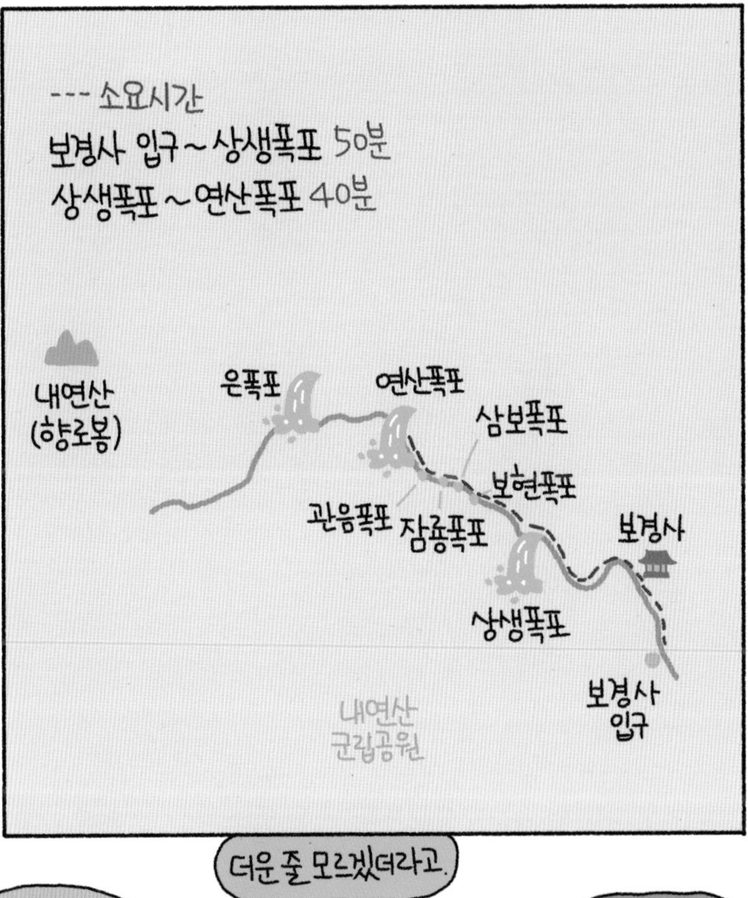
--- 소요시간
보경사 입구~상생폭포 50분
상생폭포~연산폭포 40분
내연산 (향로봉)
은폭포
연산폭포
삼보폭포
보현폭포
관음폭포
잠룡폭포
보경사
상생폭포
보경사 입구
내연산 군립공원

더운 줄 모르겠더라고.
계속 귀에서 계곡소리가 들리는 듯해.
꿀꺽! 꿀꺽!
올 여름 물놀이 제대로 했네 그려!

갑작스러운
날씨 변화에
대응하는 방법

산은 고도 때문에 구름의 변화에 직접적인
영향을 받으므로 날씨가 변화무쌍.
일기예보도 지상의 날씨를 기준으로 하니
산행을 하는 데는 100% 믿을 수도 없다.
그러니 준비가 필요하다.

벼락

벼락은 예측할 수 없어서 제일 위험하다.
주로 7, 8월에 발생하고 등산객이 가장 큰 피해를 본다.
벼락은 높은 곳에 떨어지므로 천둥번개가 칠 때는
키 큰 나무 밑에서 얼른 벗어나서
낮고 안전한 곳으로 빨리 대피해야 한다.

콰직!
꺅

콰릉~
대피소

순간적으로 빨리 몸을 움직이지 못하는 사람들은
낙뢰 예보가 있으면 등산을 하지 않는 것이 가장 안전하다.

낙뢰 예보
쳇! 하필이면 오늘…
김사장! 오늘은 그냥 막걸리나 먹고 해산하지!

우산이나 스틱 같은 것들이 머리보다 위에 올라와 있으면 재질과 관계없이 벼락을 유인하는 역할을 한다.

특히 전류가 통하는 물건은 더더욱 위험하다. 따라서 낙뢰가 발생했을 때는 위험한 물건들은 재빨리 버리고 그곳에서 멀리 떨어져야 한다.

위험해!
휙

철제 난간은 물론 바위에도 전류가 흐른다.
그러므로 흙이 있는 곳으로 이동해야 한다.
악!
번쩍!
쾅~
흙이 많은 아래로 내려가자.

실제로 몇 년 전 북한산 용출봉에서 바위를 타고 온 전류에 감전되는 사고도 있었다. 악산에서는 더 위험하니, 악산에 있다가 머리 위로 먹구름이 몰려오면 내가 정말 위험하다는 걸 인식해야 한다.

폭우

비가 부슬부슬 오는 산행은
방수처리된 재킷을 입고
계속할 수 있지만
부슬
갑자기 비가 마구 쏟아지면
다시 생각해야 한다.
헉!
쏴!
소나기면 잠시 피해 있고,
언제 그치려나…
쏴
억수같이 쏟아지면
그냥 내려가는 게 상책.
금방은 안 끝나겠군
철수!
쏴~

비가 올 것 같으면 체온을 유지할 수 있는
여분의 옷을 준비해야 하고
방수가 되는 배낭 커버도 챙겨야 한다.
초보자는 웬만하면 비 오는 날은 피하는 게 좋다.

너 같은 초보는 웬만하면 비 오는 날은 아예 가지를 말어.
칫! 무시하냐?

폭우가 내릴 때 계곡은 특히 위험하다.
응봉산, 용소골, 설악산 같은 V자 협곡의 암반 계곡은
물이 빨리 불어나게 마련.
계곡물이 불어나는 속도는 인간이 상상할 수 없는 속도.
계곡 근처에 있다가 폭우를 만나면
높은 데로 대피하고 119로 전화하자.
으악!
쿠와아아~
그러니까 다시 말하지만 넌 그냥 비오면 집에 있어! 알겠냐?
흥!

산에서

걸릴 수 있는

질병

중요한 것은 체온

날씨에 맞춰 옷을 챙겨입고, 제때 입고 벗고, 여름에 얼음물, 겨울에 따뜻한 물을 마시고, 모자를 쓰고…
몇번을 재방송 하는겨 이 인간! 다 안다니까!
1권에서도 많이 나온 이야기라 그럴만 하다.
으~

사실 산행기술 대부분이 체온 유지와 관련된 것.
우리가 흔히 들어온 조언들 모두
체온을 제대로 유지하기 위함이다.

날씨가 변화무쌍한 산에서
춥지 않게, 덥지 않게 내 몸을 지키는 것만으로
위험한 상황을 미리미리 막을 수 있다.
특히 겨울철 산행에서 체온은 곧 생명!

일행이나 나의 상태가 안 좋아지는데
어떻게 해야 할지 모르겠다면
우왕좌왕하지 말고 119로 전화해서 물어보자.

저체온증

급격한 기상변화로 인한 최대의 적은 바로 저체온증. 체온이 정상 이하(35도)로 떨어진 뒤 이를 회복하지 못하면 생기는데 몸에서 발생하는 열보다 몸 밖으로 빠져나가는 열이 더 많을 때 발생한다.

열손실
240배!

악천후와 탈진이 주원인. 젖은 옷을 입고 바람을 쐬면 마른 옷을 입고 있을 때보다 최대 240배까지 열손실. 그러니 갈아입을 옷을 든든히 준비하고 비가 오는 날에는 반드시 방수되는 옷을 입어야 한다.

산에서 100m씩 높아질 때마다 기온은 0.5~1도씩 내려가고 바람이 초속 1m씩 세질 때마다 체감온도는 1~1.5도씩 내려간다. 기온이 25도인 봄날, 해발 1000m에서 잔가지가 흔들거리는 초속 4m의 바람이 분다면 산에서의 실제 온도는 약 18도쯤 되고, 체감온도는 여기서 5도쯤 더 낮아지니…
내 몸이 느끼는 기온은 대략 13도!
여기에 옷까지 젖었다면!!!

너무
추워서
이동
하겠습니다.

일사병과 열사병

산으로 계곡으로 피서를 가지만, 여름은 산이라도 덥다.
무더운 날씨에 걷다보면 체내의 열을 방출하기 위해
피부 혈류의 순환속도가 빨라지며, 땀의 양도 증가한다.
이 상태가 오래되면 심각한 체액 부족과 유산소 능력이 낮아져
곧 열질환이 일어난다.
그래서 여름철에 가장 주의해야 할 것은 일사병과 열사병.

흔히 '더위 먹었다'고 하는 일사병은 정식 병명은 아니지만
강한 직사광선에 장시간 노출되면서 일어나는 응급질환을 말한다.
갑자기 열이 나고, 두통, 안면창백, 현기증 등이 일어나고
심할 때는 경련과 뇌증세를 일으킬 수도 있다.

나 현기증나.
더위 먹었나봐!
헉!
일사병

일사병 증상을 보이면 통풍이 잘되는 그늘진 곳에 눕힌다.
일단 누워!
피가 다리 쪽에 몰려 대뇌로 제대로 공급되지 못하고 있으므로 다리를 올려준다.
척!
배낭
그리고 그 상태로 충분한 수분을 섭취하도록 한다.
마셔!
꿀꺽 꿀꺽~
대개 그늘에서 충분한 휴식과 수분을 보충하면 상태가 좋아진다.
아이고 이제 좀 살겠네.
죽을 뻔 봤어~
일사병은 체질적인 원인도 있기 때문에 열에 약한 사람은 특히 주의해야 한다.
조심해!
너 말야.. 너!
생명의 은인으로 모실게여.

열사병은 일사병과 증상이 비슷하지만 체온이 상승하여 40도를 넘는 것이 특징.
열사병이 발생한 사람은 그늘진 곳에서 몸에 물을 뿌려 체온을 내리는 것이 중요하다.
몽롱한 의식상태라면 신속하게 119에 도움을 요청!

착!

일사병과 열사병의 예방은 간단하다.

무리한 산행 계획을 세우지 말 것.
얇고 헐렁한 옷과 창이 넓은 모자를 착용할 것.
충분한 수분을 섭취할 것.

중장년층은 여름철엔 20~30분마다 규칙적으로 휴식시간을 갖는 것이 좋다. 물은 150~200ml 정도만 섭취한다. 너무 많이 마시면 불편함을 느낄 뿐만 아니라 호흡이 제한될 수 있다. 햇볕이 강한 12시부터 오후 2시까지는 산행을 중지하고 쉬는 것도 좋은 방법이다.

등산은 즐기려고 하는 거지 극기훈련이 아니라고…
응!
자연의 소리만이 아니라 몸의 소리에도 귀를 기울여 줘야지!

3부

가을

9월 ~ 11월

산행의 절정기

가을은 산행하기 가장 좋은 계절.
선선한 바람을 맞으며 능선에 올라
청명한 가을 하늘을 쳐다보면
가슴이 활짝 열리는 듯하다.
크하~
벌컥!

하지만 가을철 사고는 연중 사고의 1/3이 넘는다.
가을 산행의 가장 큰 적은 무리한 산행.
환상적인 가을 날씨에 취해 과욕이 앞서면

실족이라든가
부러진 거 아냐?
우왕~

등산로 이탈!!
길이 아니면 가질 말라고…
여긴 어디? 난 누구?

심장질환 등이 심심치 않게 일어난다는 사실.
헉!

가을은 뭐니뭐니 해도 단풍의 계절!
단풍놀이 가는 사람들로 산마다 북적이지만,
그래도 단풍의 절정은 등산인이라면 반드시 누려야 할
우리나라 산의 가장 아름다운 장면.
크~

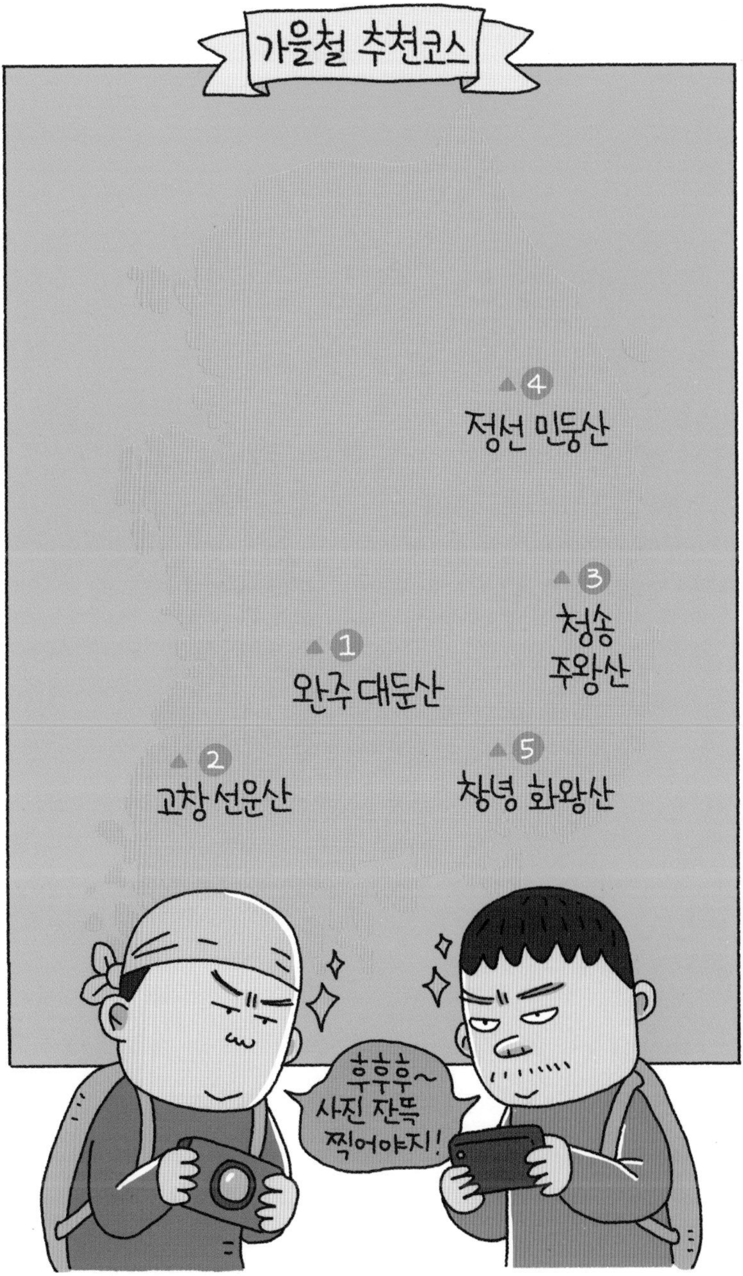
가을철 추천코스
1 완주 대둔산
2 고창 선운산
3 청송 주왕산
4 정선 민둥산
5 창녕 화왕산
후후후~ 사진 잔뜩 찍어야지!

가을철 추천코스 1: 완주 대둔산

동학농민군이 최후의 항전을
벌이기도 한 대둔산이
가장 아름다운 계절은
암봉과 단풍이 어울린 가을.
예로부터 호남의
금강산이라고 했단다.
케이블카를 타고 시작하는 코스라니… 편해!
안개낀 날이면 케이블카에서 구름바다를 볼 수 있다.

암봉과 암봉 사이에 걸려 흔들흔들.
구름다리라 불리는 길이 50m의 금강현수교.
대둔산의 얼굴이라고 할 만큼 유명한데
알록달록하게 물든 단풍과
붉은 다리가 조화를 이룬다.

아~진짜…
빨리 좀 못가냐?
미…밀지 마!
조심~

구름다리를 지나면 수직의 철계단인 삼선계단.
암벽등반의 짜릿한 맛이 느껴진다.
시끄러우니 먼저 올라가자.
앗! 선배! 같이 가~
기다려~

높아! 높다고!
경치를 감상할 여유가 없어!
거참, 끊임없이 시끄러운 놈일세.
선배~

주로 아침에 저 멀리 산들이 중첩되어 펼쳐지는 모습을
흔히들 '산그리메'라고 한다.
안개와 구름이 자주 끼며 온도차가 심한 늦가을 대둔산은
지리산처럼 큰 산이 아니어도 운해를 볼 수 있다.
대둔산 정상인 마천대에 오르면
단풍과 기암과 구름바다가 어우러져 장관을 이룬다.

이야~
이건뭐~
예술이십니다.

정상의 감동이 채 가시기 전에 칠성봉을 만난다.
칠성봉전망대에 오르면 일곱 개의 봉우리라 기암괴석들이
마치 사진 촬영을 하듯 보기 좋게 모여 있다.
단풍과 어우러진 자태가 일품!

찰칵 찰칵
그냥 그림이 되는구나~
대둔산 용문골에서 용이 하늘로 승천하기 직전 일곱 개의 별이 떨어져 만들어졌다는 칠성봉이 어디서 들어본 이야긴데…

완주 대둔산 추천 코스

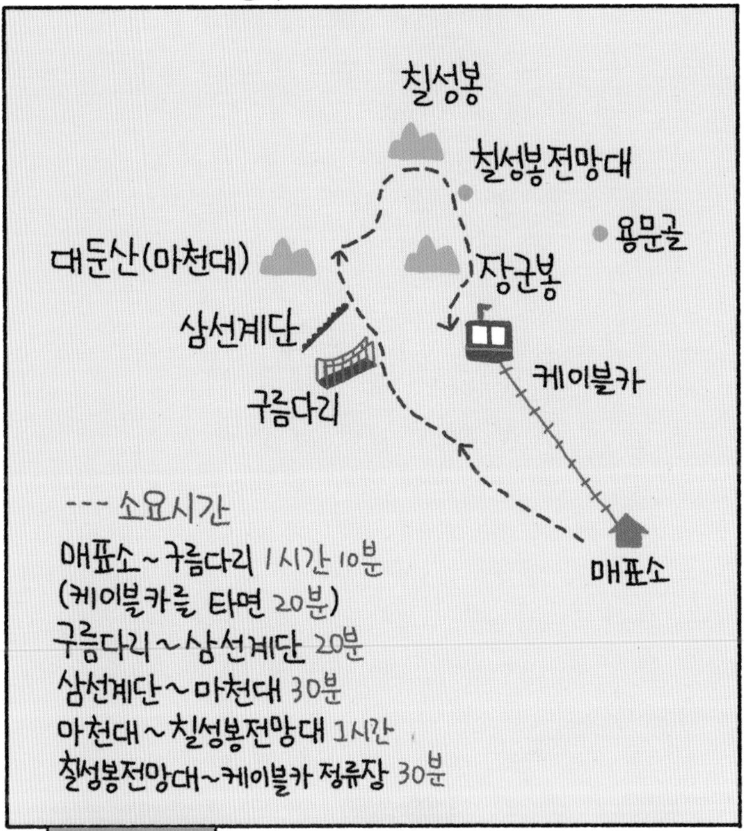
칠성봉
칠성봉전망대
용문골
대둔산(마천대)
장군봉
삼선계단
구름다리
케이블카
매표소
--- 소요시간
매표소~구름다리 1시간 10분
(케이블카를 타면 20분)
구름다리~삼선계단 20분
삼선계단~마천대 30분
마천대~칠성봉전망대 2시간
칠성봉전망대~케이블카 정류장 30분

생각났다! 그거다! 드래곤 볼!
소원을 말해봐
……
탁!

가을철 추천코스 2: 고창 선운산

선운사의 봄 동백으로 유명해진 선운산은
초가을의 꽃무릇과 가을 단풍이 더 빼어난 산.
단풍의 대명사인 내장산에
버금가는 단풍을 지녔다.

꽃무릇만 보러 이때 오는 사람들도 꽤 많다.
장관일세…

이 코스를 본격적으로 시작하기 전에
우리를 맞이하는 것은 천연기념물 367호인 송악.
덩굴식물로서 가지에서 공기뿌리가 나와 나무나 암벽에 붙어
자라는데 이곳의 송악이 전국에서 가장 크고 오래됐다.

천연기념물 될 만하네…
그러게
송악

선운사 일주문을 지나 계속되는 도솔계곡의 단풍은
빛깔도 보통이 아니지만, 바위와 어울린 모습이
계곡물에 비춰져 한폭의 그림이 된다.

거울 같아~

선운산은 도솔산이라고 불렸는데,
미륵불이 사는 정토를 말한다.
선운사가 바로 호남 미륵신앙의 중심 도량.
선운사의 보물인 대웅보전과 금동보살좌상은 꼭 둘러보고 가야지!
좀 공부한 모양…

계곡따라 쭉 올라가면 도솔암.
도솔암에는 15m에 이르는
도솔암 마애불이 있다.
이 미륵상 마애불은
석가모니 이후 중생을
구제할 미래의
부처라고 한다.
그거 알아?
뭐…또?
불상의 배꼽에는 선운사를 창건한 검단선사가 봉해놓은 비결이 숨겨져 있는데
TOP secret!
하필 배꼽이냐…
그것이 출현하는 날에는 한양이 망한다는 전설이 내려왔지.
꽥!
한양
그 비결을 1893년 가을 동학접주 손화중이 꺼내자,
훗!
꺼내느라 고생 좀 했지!
이듬해 동학농민 혁명의 불길이 전라도를 휩쓸게 됐지.
오~ 몰랐어!
전설이 다 뻥은 아니었을 지도…

용문굴 지나 낙조대 지나면 천마봉.

천마봉에서 보면 선운산의 산세가
도솔암의 마애불과 도솔계곡과 어우러져
신비롭고 고즈넉하게 시야에 들어온다.

어제 여기 온다고 인터넷으로 검색 좀 한 거냐?
뜨끔!
아… 아니 뭐 검색은 무슨… 상식이지 상식!

고창 선운산 추천 코스

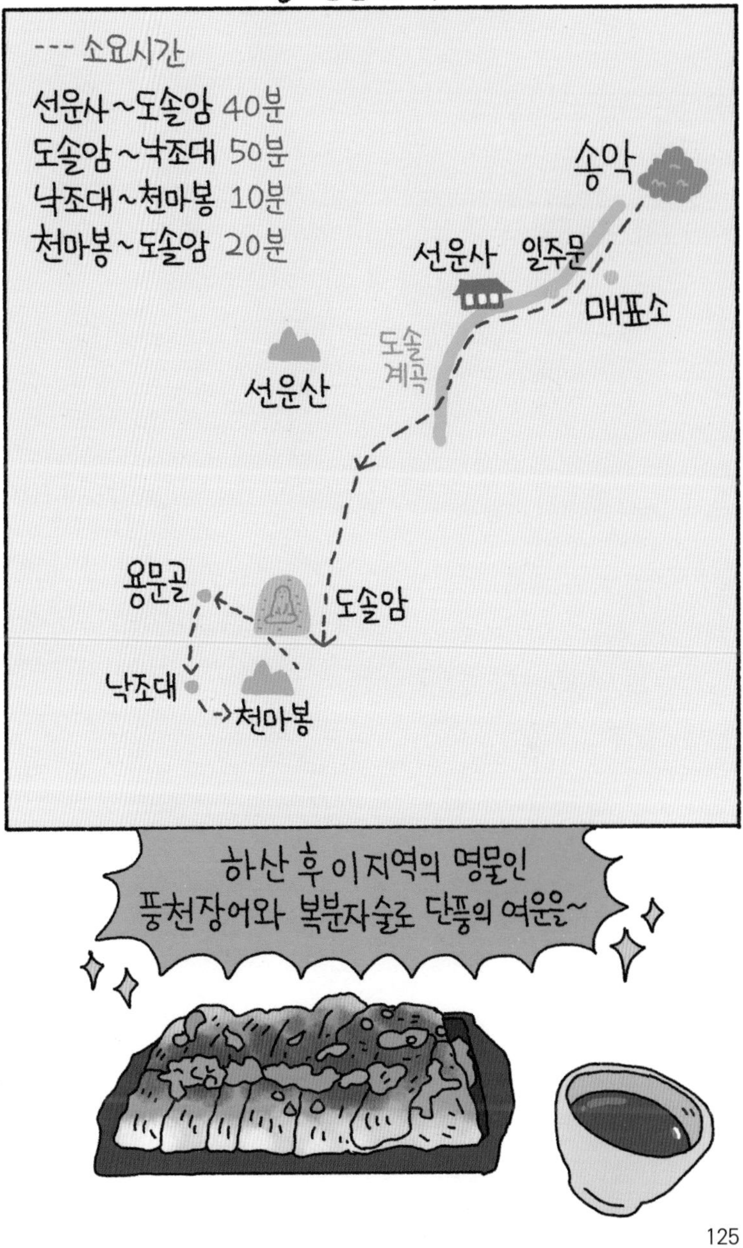
--- 소요시간
선운사 ~ 도솔암 40분
도솔암 ~ 낙조대 50분
낙조대 ~ 천마봉 10분
천마봉 ~ 도솔암 20분
송악
선운사
일주문
매표소
도솔
계곡
선운산
용문골
도솔암
낙조대
천마봉
하산 후 이 지역의 명물인
풍천장어와 복분자술로 단풍의 여운을~

가을철 추천코스 3: 청송 주왕산

설악산 단풍은 끝물이고 내장산 단풍은 시작하기 전인
10월 25일경 주왕산 단풍의 절정이 찾아온다.
빼어난 암봉과 단풍이 어울렸는데
산길도 험하지 않아 가을에 인기가 많은 주왕산.
산세가 아기자기하고 볼거리가 많다.

지금이 딱 절정이지.
크~ 색깔 참 곱다.

코스의 시작인 대전사. 보광전 뒤 우뚝 솟은 기암은
뫼 산(山)자 모양의 45m 봉우리
주왕산은 특이하게도 중국 주왕의 전설이 서려 있는데,
주왕은 당나라 때 진나라를 재건하기 위해 반역을 일으켰지만
나만 믿어!
실패하자 신라까지 쫓겨온다.
망했다! 실패했어!
36계다!
그때 당나라의 요청을 받고 신라의 마장군은 주왕굴에서 주왕을 찾아 처단한다.
여기 있는 줄 어떻게 알았대…
크!
그리고 주왕산에서 가장 잘 보이는 암봉에 깃발을 꽂았다.
미션 컴플리트!
마

그래서 이름 붙은 기암(旗岩)은 기이한 바위가 아니라
깃발을 꽂은 봉우리란 뜻이라고 한다.

주방계곡에 들어서면 급수대, 시루봉, 학소대 등등
얼굴 모양의 독특한 바위들이 모여 있다.

학소대 앞 다리를 건너면 주왕계곡의 스타 3단 폭포 등장.
그중에서도 기암과 단풍으로 둘러싸인 2폭포(용추폭포)가 백미.

우오~
내려가서 보면 또 다르다!

가을 계곡도 좋은데!

이 코스의 목표지점인 내원동은 전기가 들어오지 않는
오지마을로 유명했지만 이제 주민들은 국립공원에서
생태보전을 위해 아랫마을로 떠났다.

지금은 드넓은 억새밭만이…

이 코스에서 제일 높은 가메봉. 동해까지 시야가
터지면서 주변의 멋진 산세가 눈에 들어온다.
주방계곡을 따라 가메봉까지 올랐다면
이제 절골이라는 수수한 계곡을 즐기며 내려가는 길.

청송 주왕산 추천코스

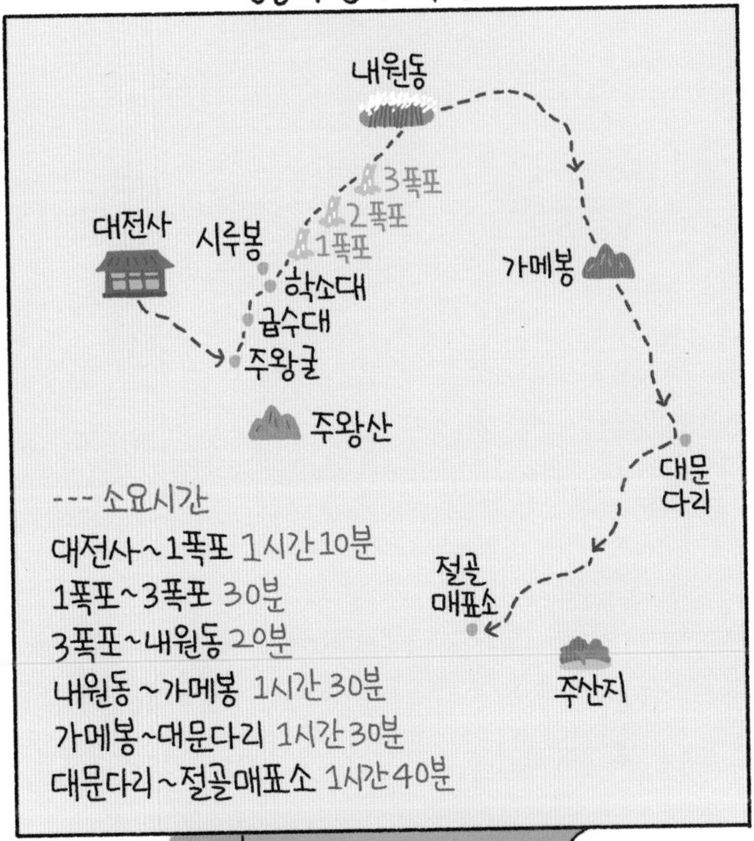
내원동
3폭포
2폭포
1폭포
대전사
시루봉
학소대
급수대
주왕굴
주왕산
가메봉
대문
다리
절골
매표소
주산지
--- 소요시간
대전사~1폭포 1시간 10분
1폭포~3폭포 30분
3폭포~내원동 20분
내원동~가메봉 1시간 30분
가메봉~대문다리 1시간 30분
대문다리~절골매표소 1시간 40분

근처 주산지는 절골에서 15분쯤 걸어 올라가면 나오는 저수지.
운치있어!
왕 버드나무
영화 <봄 여름 가을 겨울 그리고 봄>의 촬영지로 알려졌다.

가을철 추천코스 4: 정선 민둥산

창녕 화왕산, 장흥 천관산, 포천 평성산, 밀양 사자평 등과
함께 한국 5대 억새 군락지로 꼽히는 정선 민둥산.
다른 곳에 비해 접근하기도 쉽고
억새도 관리되어 보기가 좋다.

오르는 길에 급경사길과 완경사길로 갈라지는데 초보자는 완경사길의 호젓한 숲길로~

민둥산은 능선부터 정상까지 20만 평의 그림 같은 억새밭.
정상의 억새평원을 중심으로 크게 원을 그리며 도는 코스.
영화의 한 장면 같구나
억새풀이 춤을 추는 것 같다.

민둥산이 억새로만 끝난다고 하면 오산.
정상에 올라가면 태백산, 함백산으로 이어지는,
백두대간 흘러가는 조망이 좋다.
♪~
해방감!

정상 뒤쪽의 움푹 패인 신비로운 형상의 발구덕은
석회암이 빗물에 녹아 지반이 둥글게 내려앉은
카르스트 지형인 돌리네.
저건가?
가운데 움푹 꺼진 곳이 발구덕.
구덩이(구덕)가 여덟 개라서 팔구덕이라 불리다가 발구덕이 되었다 한다.

정선 민둥산 추천 코스

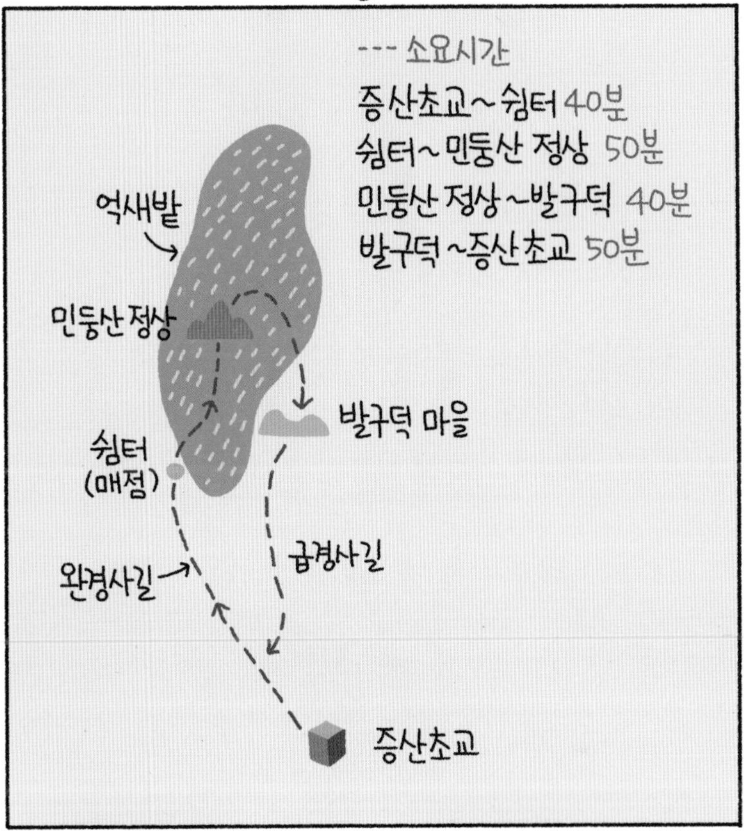
--- 소요시간
증산초교~쉼터 40분
쉼터~민둥산 정상 50분
민둥산 정상~발구덕 40분
발구덕~증산초교 50분
억새밭
민둥산 정상
발구덕 마을
쉼터
(매점)
완경사길
급경사길
증산초교

그나저나
카르스트 지형이
뭐더라?
예전
지구과학 시간에
배운 것 같은데…

가을철 추천코스 5: 창녕 화왕산

정상이 그릇처럼 움푹 파인 화왕산은
이러한 산세 때문에 가야시대부터 산성이 세워졌다.
화왕산 정상의 화왕산성 한 바퀴를 도는 게
이 코스의 핵심!

좀 쌀쌀해졌군!
응… 그러네.

아담하고 소박하지만 대웅전, 약사전, 삼불좌상 등
많은 보물과 문화재를 간직하고 있는
관룡사부터 코스를 시작한다.
1700년의 역사가 있는 곳이지.
프로 가이드 같어…

특히 약사전 왼쪽 길을 따라 15분쯤 오르면 나타나는
석가여래좌상 용선대는 꼭 봐야 할 보물.
조심 조심 다니거라~
통일신라시대인 722년 무렵에 세워졌다고…

관룡산에서 화왕산으로 가는 길은
봄에 찾아도 아름다운 진달래능선. 그 길을 따라가면
여기가 바로
허준 세트장!
줄을 서시오~

정상의 화왕산성 동문에 들어서서 산성을 한 바퀴 돌며
광활한 억새밭의 가을 풍경을 흠뻑 느껴보자.
풍수지리에 따르면 여기가 불타야 낙동강의 홍수가 없다 해서 매년 억새 태우기 행사를 했더니 억새가 보기 좋게 잘 자랐는데, 몇 년전 사고가 난후로 지금은 태우지 않는다고…
그렇군… 풍수지리… 근데 안 태워도 엄청 무성한데?
그만 태워도 되겠어.

억새의 장관을 볼 수 있는 곳은 바로 배바위.
특히 천지개벽 때 배를 묶었다는 전설이 내려온다.
어디다 묶었다는 거야?
그러게…

창녕 화왕산 추천 코스

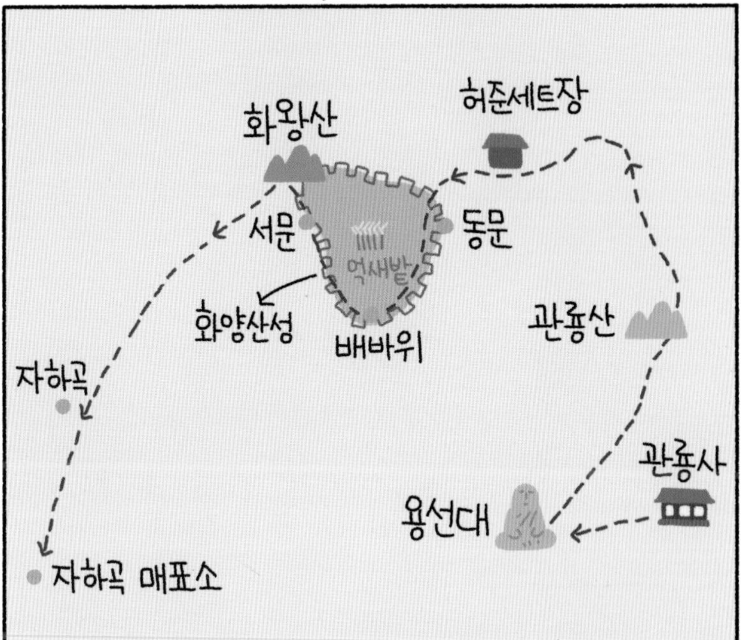

--- 소요시간

관룡사~용선대 20분
용선대~관룡산 40분
관룡산~허준세트장 1시간
허준세트장~화왕산 30분
화왕산 ~자하곡 1시간

4부

겨울

12월 ~ 2월 초

겨울산의 매력

싸늘한 산바람, 옷을 벗은 나무들…
텅 빈 겨울산은 쓸쓸한 운치가 있다.
그곳에 다시 눈이 내리면 산은 다시 화려하게 태어나고
봄꽃과 여름 신록, 가을 단풍만큼 풍요로워진다.

그래서 산 좀 다닌다 하는 이들 중에는 호젓한 겨울산을 즐기는 사람들이 꽤 있지.
나도 그렇지만…

하지만 겨울 산행은 날이 추운 데다
근육과 관절마저 굳어 있기 때문에
꼼꼼하게 등산계획을 세워야 한다.
으헉~
얼마나 몸이 굳은 거냐…
우직끈~
좀비냐
우직끈~
우직~

겨울철에는 차가운 온도에 적응하기 위해
다른 계절에 비해 신체가 10~15%의 에너지를 더 소모한다.
따라서 등산 코스는 가을철보다
짧은 거리를 선택하는 것이 바람직하다.

앗! 썩 일어나 움직이지 못해?
그러다 얼어 죽어!
졸리고 피곤해… 여기서 영원히 쉬고 싶다.
나른~

겨울 산행 옷 입기

우선 모자와 장갑은 필수다.
머리는 체온조절의 50%를 담당하고 있기 때문에 보온에 가장 주의해야 하는 부위.
머리를 따뜻하게 하면 신체가 팔, 다리 등 말단부위로 피를 보낼 여력이 생기기 때문에
남는 애들은 말단으로 보내!
동상 예방에도 효과적이다.
잠깐!
썩었으니 자르겠습니다.
가끔 목장갑을 끼고 산행하는 사람들을 볼수 있는데,
목장갑이 어때서
천 장갑은 젖으면 쉽게 마르지 않아 곤란하다.
감각이 없어!
망했다.
손가락은 인체의 끝 부분이라 혈액순환이 어렵기 때문에 발가락과 함께 동상위험이 가장 큰 곳이다.
여분의 장갑을 가지고 다니는 것은 좋은 습관.
걸릴까 보냐! 동상 따위~

땀 흡수와 건조가 잘 되는 기능성 소재의 셔츠와
방한, 방풍 효과가 있는 외투를 겹쳐 입는 것이 좋다.
외투는 궂은 날씨에 대비해 방수와 투습 기능을 가진
고어텍스 소재면 더욱 좋다.
속건성 소재 속옷
기능성 소재 셔츠
우모복
고어 텍스 재킷
마트료시카?
주의해야 할 점은 산행에 맞게 외투를 수시로 벗고 입으며
일정하게 체온을 유지해야 한다는 점이다.
착
착
옷의 기능성만 믿고 입고 벗는 것을 게을리하면
언제든 저체온증에 걸릴 수 있다.
귀찮다고
안 벗고 안 입었다가
이렇게 됐습니다.
너무
추워서
이동~

꼭 필요한 겨울 장비

겨울산은 다른 계절보다
위험 요소가 많은 만큼
준비해야 할 장비도 많다.
등산화는 밑창이 두껍고
발목을 보호해줄 수 있는
중등산화가 좋다.

겨울에는 오후 5시가 넘으면 순식간에 어두워져버린다.
헉! 어느새
배낭 안에 헤드랜턴을 챙겨 넣도록 하자.
기온이 떨어지면 건전지 방전이 빠르므로 랜턴용 여분을 준비.
깜빡 깜빡
헉! 건전지가 벌써…

보온병에 뜨거운 물이나
커피를 담아 가자.
추위에 따뜻한 음료만큼
체온을 올려주는 것이 없다.

호록
호록

아이젠은 얼어붙은
길과 눈길에서 미끄럼을
방지해 주는 필수 장비.
겨울에는 늘 배낭 한구석에
지니고 다녀야 한다.

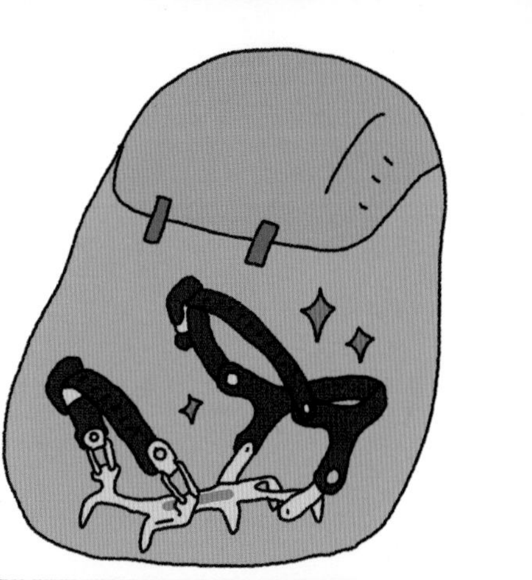

빙벽 등반용이 아닌
워킹용 아이젠은 짚신형이 대세.
자주 신고 벗어야 하므로
탈착이 쉽고 밴드 부분이
튼튼한 제품으로 고르면 된다.

전체가 빙판으로 이루어진 계곡 등을 오를때는
아이젠의 톱니가 모두 고르게 닿을 수 있도록
발바닥 전체로 디뎌야 미끄러지지 않는다.

아이젠을 사용 후 물기를 잘 닦아 구두약을 살짝 발라 놓으면 녹이 슬지 않는다.

하얗게 눈이 쌓인 산은
봄, 여름, 가을과 완연히 다른 모습.
겨울산은 쉽게 갈 수 없는 만큼
신비로운 매력이 넘쳐나는 곳!
레릿고~ 레릿고~
부끄러…

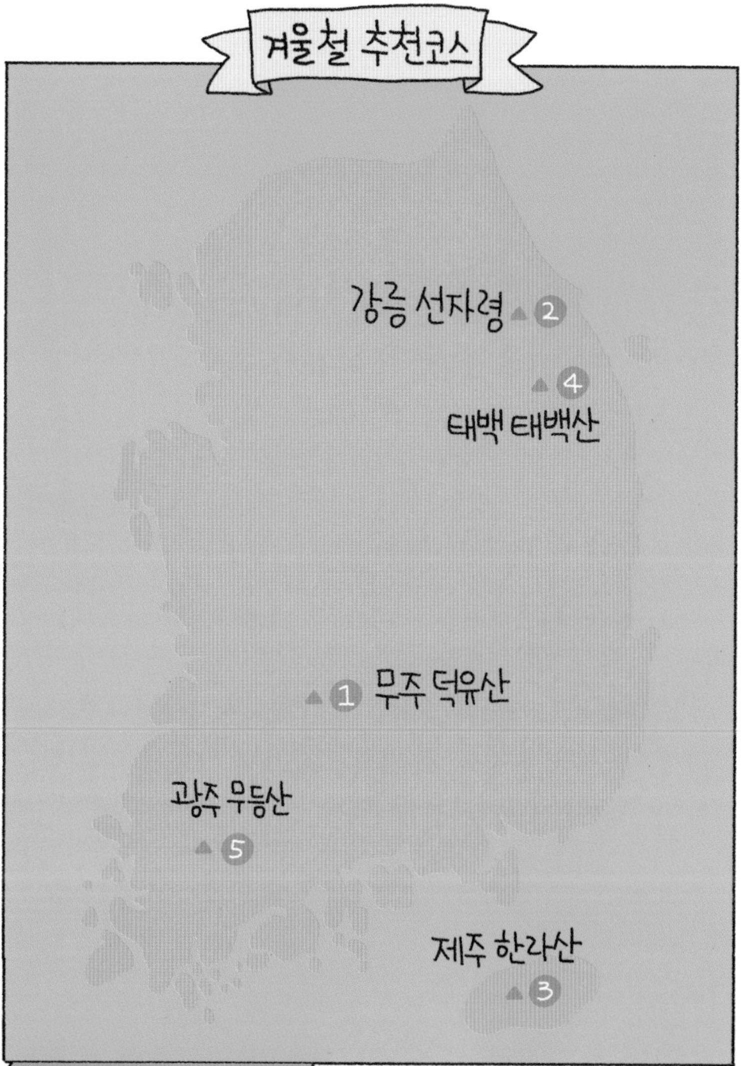
겨울철 추천코스
강릉 선자령 2
4 태백 태백산
1 무주 덕유산
광주 무등산 5
제주 한라산 3

겨울산까지 경험을 해보면 한 해의 등산을 완성하는 느낌이 들 거야.
헤~
호록

겨울철 추천코스 1: 무주 덕유산

무주와 장수, 거창과 함양에 걸쳐 있는
너른 산 덕유산은 해발 1614m로 높이로만
한라산, 지리산, 설악산에 이어 4위.

곤돌라를 타고
1500m까지 올라갈 수 있어
초보자들도 설경을
쉽게 만날 수 있다.
오~

곤돌라에서 내려 15분쯤 오르면 설천봉.
설천봉에서 향적봉까지 다시 향적봉에서 중봉까지
평탄한 능선길에 눈꽃터널이 환상적으로 이어진다.

와~
진짜 터널이네.

주목이 펼쳐진 정상 향적봉에서 보는
저 너머 가야산의 일출이 장관.
그래서 사진작가들이 끊이지 않는다.
죄… 죄송합니다.
방해되네… 거참!
거기 좀 나와요!
찰칵
찰칵
찰칵
찰칵

중봉은 덕유연봉이 숨 막히게 펼쳐지는 전망대.
발 아래 덕유평전이라는 평평한 지대가 있는데
봄부터 가을까지는 야생화가 가득하고 겨울엔 은빛 눈꽃밭이다.
그 뒤로 펼쳐지는 풍경은 덕유산의 대표 얼굴!

하산길에 만나는 겨울의 오수자굴은 낙숫물이 얼어붙어 빚어낸 각양각색의 얼음기둥을 자랑한다.
호오~
백련사부터 시작되는 무주구천동, 즉 구천동계곡.
25km에 달하는 규모로, 9천 굽이굽이 절경이 이어진다.

무주 덕유산 추천코스

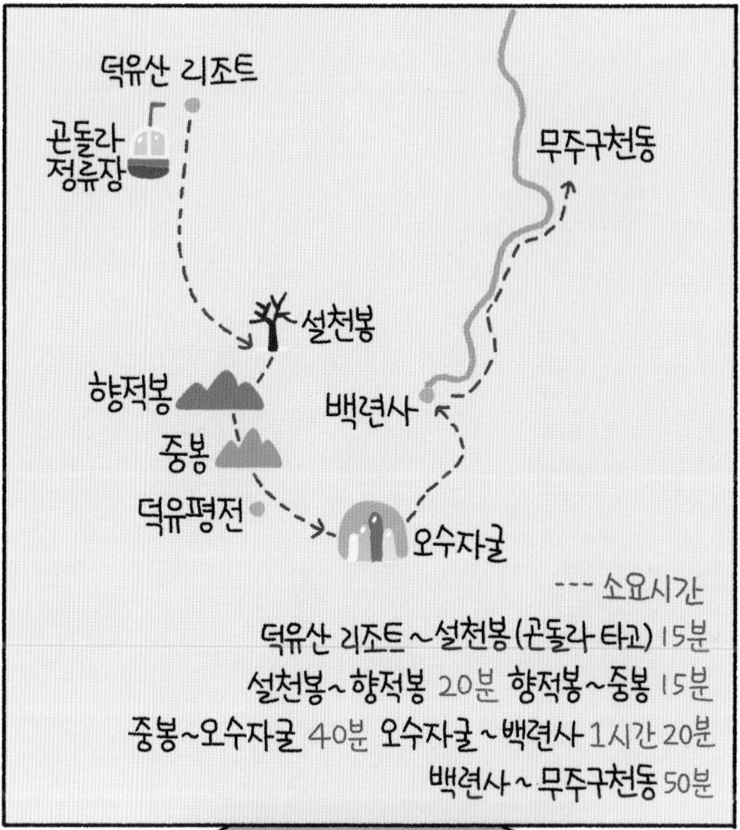
덕유산 리조트
곤돌라 정류장
무주구천동
설천봉
향적봉
백련사
중봉
덕유평전
오수자굴
--- 소요시간
덕유산 리조트~설천봉(곤돌라 타고) 15분
설천봉~향적봉 20분 향적봉~중봉 15분
중봉~오수자굴 40분 오수자굴~백련사 1시간 20분
백련사~무주구천동 50분

20km에 달하는 덕유산 종주는 산악인이라면 한번 도전해볼 만한 코스지. 향적봉과 삿갓봉의 대피소에서 1~2박을 하면 된다.
흠… 1박이라…

겨울철 추천코스 2: 강릉 선자령

대관령은 영동과 영서를 잇는 가장 큰 고개.
굽이굽이 이어지는 대관령옛길은 지금도 자취가 남아 있다.
눈 많은 강원도의 대관령에 위치한 선자령은
겨울이면 새하얀 눈의 세계가 펼쳐진다.

크악~ 갈 수 있는 거야?
대 폭설!!
뭘… 이 정도 가지고!
2014년 폭설 때는 어른 키를 훌쩍 넘길 만큼 눈이 내렸지. 그때 앞이 안 보일 정도로 쏟아졌다구.

대관령은 개마고원과 함께 한국의 대표적인 고위평탄면. (말 그대로 고도는 높은데 평탄한 곳). 수천 년 동안 지각변동으로 낮은 땅이 솟아 올랐다 한다. 여기에 몰아치는 강풍은 이 일대의 능선을 초원지대로 만들었다.

그래서 이곳에 자리 잡은 양떼목장에서는 겨울이 아닌 계절에는 양떼가 뛰노는 알프스 같은 풍경을 실제로 볼 수 있다.
요것이 여름철 풍경
메에~

겨울 풍경도 알프스 같은데!

흰 설원과 푸른 바다, 거기에 하얀 풍력발전기가 돌아가는
선자령 정상의 이국적인 풍경은 엽서 속 사진 같기만 하다.
연평균 초속 6.7m의 바람이 꾸준히 불어
국내 최대 규모의 풍력발전단지가 세워졌다.
나도 날아가겠어!
무슨 소리! 니 몸무게를 과소평가 하지 마.

선자령에서 새봉까지 내려오는 길.
눈 쌓인 능선을 타는 맛이야말로 겨울산의 포근한 매력.
구름 위를 걷는것 같어.
태어나서 이렇게 눈 많은건 처음 봐!

새봉전망대에서는 쨍하게 파란 동해바다와
강릉 시내가 손에 잡힐 듯 보인다.

내려오는 길에 지나는 국사성황사는 작은 산신당이지만
해마다 강릉단오제를 시작하는 곳.
대관령산신 김유신과 국사성황신 범일국사를 모신다.

강릉 선자령 추천코스

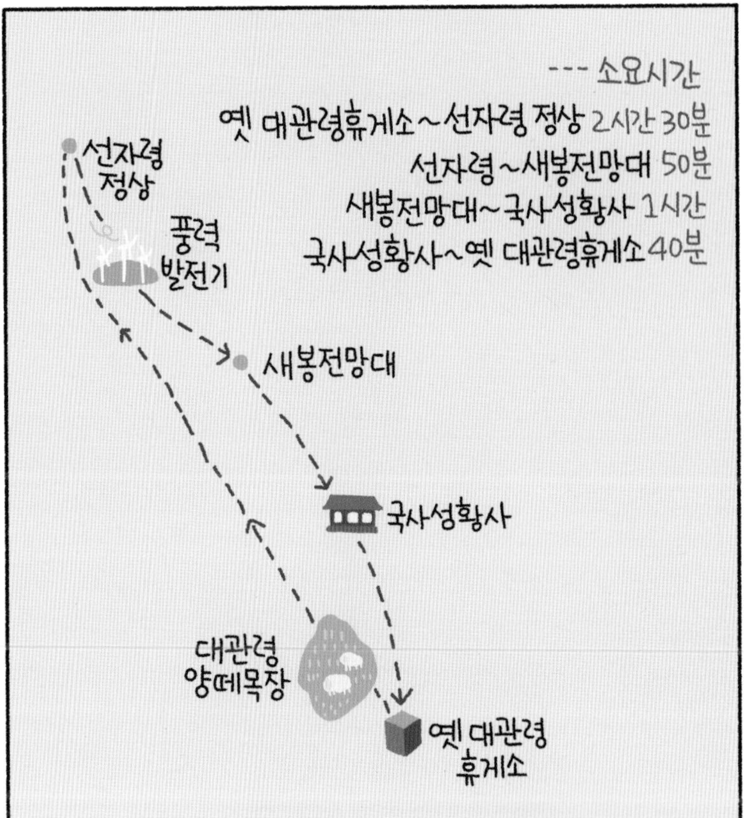

산행 후 강릉 경포호를 거닐다
문득 돌아보면 대관령-선자령-소황병산이
동양화 그려진 병풍처럼 펼쳐진다.

겨울철 추천코스 3: 제주 한라산 영실

유네스코 세계자연유산인 한라산.
더 이상 유명해질 수 없을 만큼 유명한 산.
11월 중순부터 내리는 눈은 이듬해 3월까지 내리면서 쌓인다.
제주도에서는 눈을 보기 힘들지만 한라산은 자주 폭설.

헤헤~ 제주도까지 와버렸네!
그러게!

영실기암은 병풍바위와 오백나한을 묶어서 일컫는 명승지다.
병풍바위는 말 그대로 영실 일대를
병풍처럼 둘러싸고 있는 바위들.
용암이 흘러내리다 바위로 굳은 거대한 주상절리다.

오백나한은 보는 위치에 따라 장군 또는 나한(성자)처럼 보인다 해서 이름 붙여진 기암괴석들. 사실 500개가 아니고 499개인데 여기에는 슬픈 전설이 있다.
오백나한은 눈이 안 쌓였을 때 나한전에서 보면 더 잘 보이지!
한라산에 사는 설문대할망에게 500명의 자식이 있었는데,
오냐~ 내 새끼들
많아!
우글우글
어무니~
커다란 가마솥에 자식들을 먹일 죽을 끓이다가 자기가 빠져 죽었다고 한다.
꼬륵꼬륵~
집에 돌아온 자식들이 그 죽을 먹었는데 막내가 엄마의 뼈를 발견한 것이다.
앗! 이건~
형제들은 슬피 울다 바위가 되었고,
흑흑~
흑흑~

막내는 형들과 살 수 없다며
차귀도로 떠나 바위가 되었다 한다.

흑~

고원 초원인 선작지왓. 설경이 장관이다.
나무데크길을 따라 걸으면 앞쪽으로 백록담이 우뚝하다.
우와~백록담!

윗세오름에서 만세동산까지는 평지와 다름없다.
구상나무는 우리나라 특산종으로
한라산 1400m고지 위로 숲이 펼쳐져 있는데,
만세동산에서 구상나무숲 뒤로 보이는
백록담 풍경은 제주 10경 중 하나.

드디어 고글이 빛을 보는군!
그러게!
훗!
훗!

제주 한라산 영실 코스

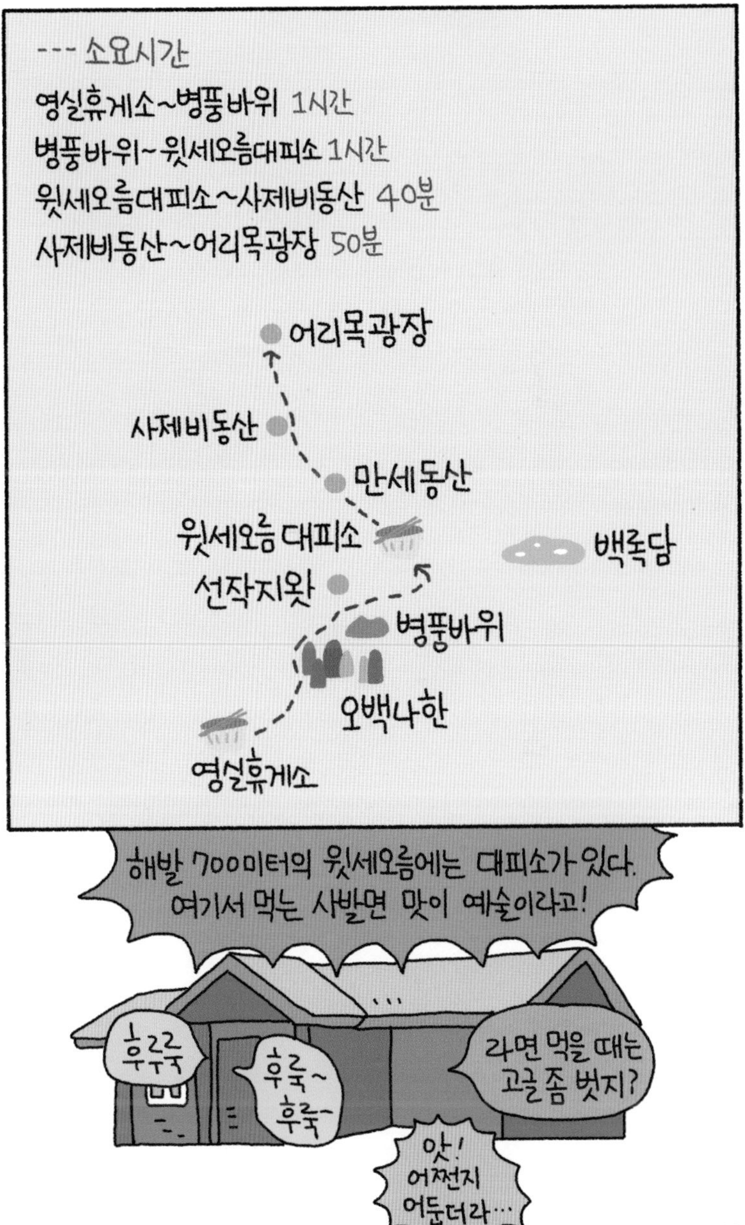
--- 소요시간
영실휴게소~병풍바위 1시간
병풍바위~윗세오름대피소 1시간
윗세오름대피소~사제비동산 40분
사제비동산~어리목광장 50분
어리목광장
사제비동산
만세동산
윗세오름 대피소
백록담
선작지왓
병풍바위
오백나한
영실휴게소
해발 700미터의 윗세오름에는 대피소가 있다.
여기서 먹는 사발면 맛이 예술이라고!
...
후르륵
후룩~ 후룩~
라면 먹을 때는 고글 좀 벗지?
앗! 어쩐지 어둡더라…

겨울철 추천코스 4: 태백 태백산

하늘을 모시는 곳 태백산
적설량이 많고 한번 눈이 내리면 잘 녹지 않아
눈꽃으로 유명한 데다 길이 순해
겨울철에도 어렵지 않게 오를 수 있어서
눈꽃 등반 코스로 알려져 있다.
그래서 새해 일출을 보러 오는 등산객도 많다.

유일사를 지나면 바로 능선에 올라붙고
장군봉 직전의 주목군락지가 펼쳐지는데
오래되고 기품 있는 주목들이 신성한 느낌까지 든다.
뭔가 굉장히 초현실적으로 보여.
응!

제일 높은 봉우리 장군봉을 지나면 천제단.
어여와!
신났군…

단군신화의 무대가 된 이곳에서는 지금도 개천절에 태백산 산신제가 열린다. 무속인들이 많이 모이는 곳이기도 하다. 천제단에서 둘러보면 사방의 산들이 장관으로 펼쳐진다. 태백산에서 소백산까지 이어지는 산줄기가 압권.

요것이 산신제!
헤~ 지금도 하는구나.

부쇠봉부터 문수봉까지는 뽀득뽀득 눈을 밟으며
걷기 좋은 능선. 강원도 추운 땅에서만 자라는
자작나뭇과의 사스래나무들이 군락으로 자란다.
하얀 나무 둥치가 눈과 함께 반짝인다.

문수봉 앞쪽으로 부쇠봉-천제단-장군봉 능선이
아스라이 한눈에 들어온다.

태백 태백산 추천 코스

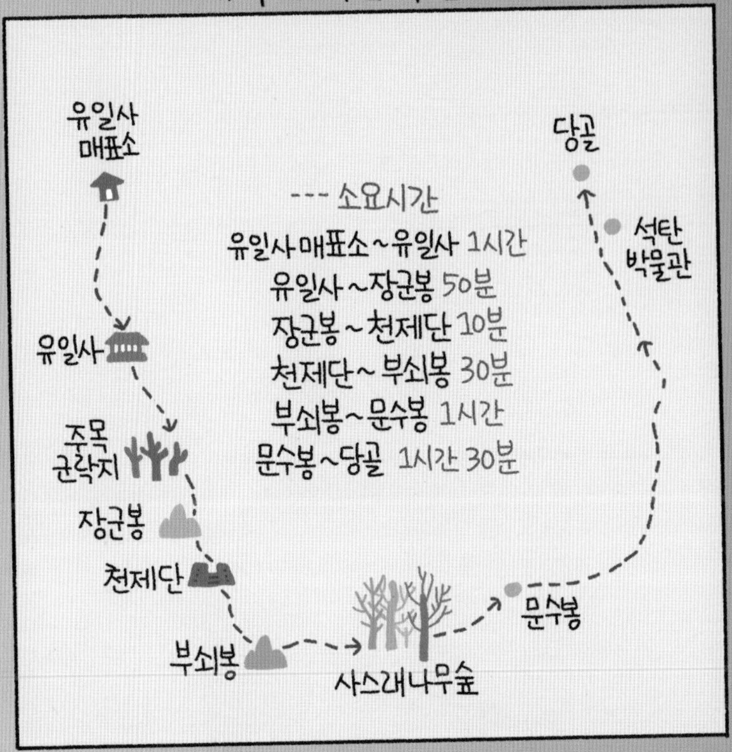
유일사 매표소
--- 소요시간
유일사 매표소~유일사 1시간
유일사~장군봉 50분
장군봉~천제단 10분
천제단~부쇠봉 30분
부쇠봉~문수봉 1시간
문수봉~당골 1시간 30분
유일사
주목 군락지
장군봉
천제단
부쇠봉
사스래나무숲
문수봉
석탄 박물관
당골

장군봉
망경사

겨울철 추천코스 5: 광주 무등산

서울의 북한산과 도봉산, 부산의 금정산처럼
광주 도심에서 가까운 무등산.
도시인의 축복이라 할 만하다.
가장 최근에 국립공원이 된 무등산은
겨울에 눈이 엄청나게 온다.

산허리를 타고 도는 순한 길을 지나면 규봉암이 나온다. 규봉암은 인적이 뜸한 암자로 보조국사 지눌이 찾아와 수행을 했단다. 이곳에서부터 시작되는 주상절리 덕분에 주변 풍광이 빼어나다. 주상절리란 용암이 밖으로 나와 갑자기 식으면서 형성된 다각형 돌기둥. 일반적으로 바다에 있는데, 무등산 주상절리대는 세계에서 유일하게 산 정상에 있다.

세계 유일의 주상절리대!

주상절리대 중 유명한 서석대와 입석대는
겨울철 눈꽃과 어울려 흰 병풍처럼 장엄하게 빛난다.

중봉에 서면 무등산 정상부인
천왕봉과 인왕봉의 웅장한 모습이 드러난다.
눈을 머리에 이고 있어 더 기품이 느껴진다.

이 코스의 마지막인 증심사는
광주의 대표적인 사찰이자 광주 시민의 휴식처.
오백나한을 봉안하기 위해 세운 오백전이 유명하다.

정면 3간, 측면 3간의 단층 맞배지붕의 다심포 양식이지.
안에 들어가 보자!

오느라 수고했어~
우리가 좀 많지?
천천히 쉬다 가라고.
아… 이분들이 오백나한.

광주 무등산 추천 코스

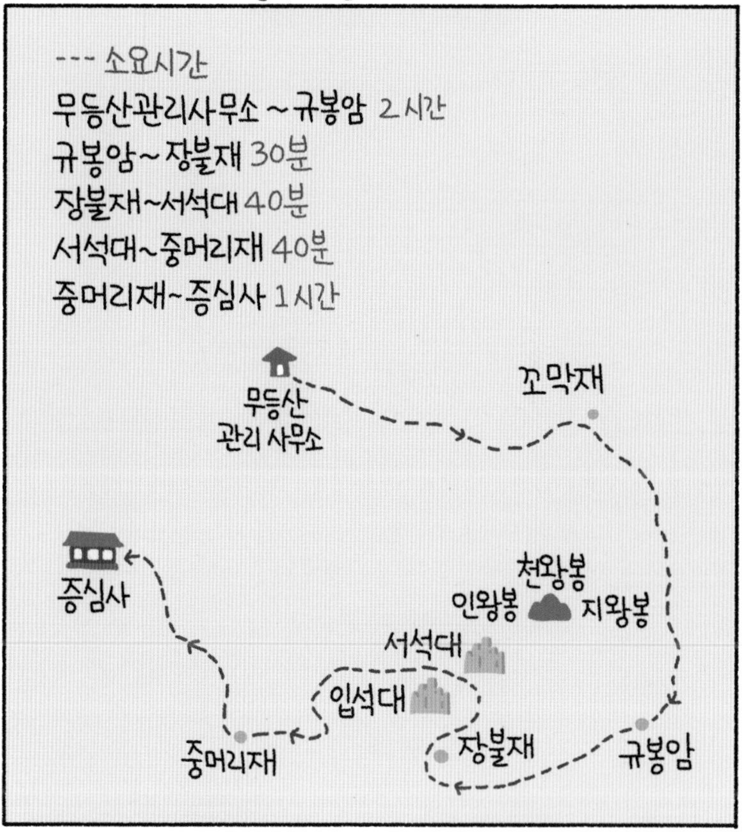

무등산 북동쪽 담양 방면
광주댐 근처에는 16세기에
지어진 아름다운
정원 소쇄원이 있다.

산에서

일어나는

사고들

사고는 왜 일어날까

길을 잃거나 탈진,
호흡곤란, 심장질환 등
삐뽀~
삐뽀~
산에서 일어나는 많은 사고는
등산객의 과욕과 안일한
마음가짐에서 발생한다.
뭔 일 있겠어?
자신의 체력에 맞는
산행 코스를 선택하고,
초보자 답게 초심자 코스로 가자!
무리한 산행을 피하는 것은
아무리 강조해도 지나치지
않는다.
어디 한번 모험을 해볼까?
그만 둬! 민폐야!
특히 남성 등산객들의 무리한
'체력 과시형' 산행은
1 시간 이면 충분해!
흥!
사고로 직결된다.
서두르다 접질렀져!
망할!
흑~

산은 정복하는 것이 아니라 즐기는 곳이란 말을 되새겨볼 일.

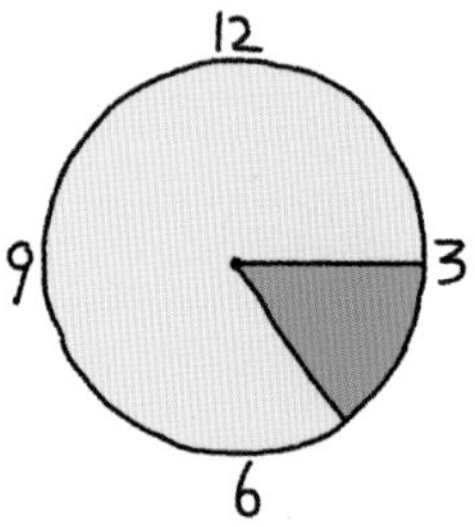
12
9
3
6

산에서 내려올 시간인 오후 3~5시 사이에 가장 많은 사고가 발생한다. 체력이 급격히 떨어지고 긴장이 풀리기 쉬운 하산 무렵에는 각별한 주의가 필요하다.

SUN
와글
와글

또한 전체 사고의 40% 이상이 일요일에 몰려 있다. 등산로가 붐비면서 사고의 위험도 그만큼 커지기 때문이다. 사람들이 많아지면 오히려 정신을 바짝 차려야 한다.

컨디션이 별로야. 그냥 하산 해야겠다.
자신의 상태를 잘 알아야 한다!

체력에 무리가 온다 싶으면 정상을 오른다는 욕심을 버리고 곧장 하산하는 게 좋다. 실제로 초겨울 등산 사고는 몸이 피로한 상태에서 근육과 관절 기능이 나빠지면서 생기는 사례가 대부분.

자만이나 부주의로 발생하는 사고가 많다. 겸손한 사람에게 사고는 드물다. 조심하고 조심하면 위험할 일이 거의 없는 게 등산이다.

산악 사고의 종류

추락사고

아악!
데굴~

폭풍우나 지반약화 등 자연적 요인도 있지만 방심이나 피로, 또는 판단미숙, 준비부족 등 인위적 요인도 있다. 추락사고가 발생했을 때에는 주변에 도움을 받거나 신속하게 119에 신고해 구조를 요청한다.

계곡 급류사고

폭우가 내릴 때 계곡 산행은 피하자. 급류사고는 무리하게 계곡을 건너려다 일어난다.
음… 갈수 있겠는데?
쏴~
계곡은 폭이 좁기 때문에 강을 건너는 것보다 쉬울 것이라 생각하지만, 물살의 세기나 바닥의 미끄러운 돌 때문에 균형을 잃기 마련이다.
악!
흙탕물 속에 떠내려오는 커다란 돌이 발이나 무릎을 쳐 넘어지면 뇌진탕을 일으키기도 한다.
STOP
여유를 가지고 물이 빠지기를 기다리거나 상류로 올라가 물살이 약하고 폭이 좁고 얕은 곳으로 로프를 이용해 건너야 한다.
조심~
조심~
쏴~

조난과 대책

철저히 계획을 세우고, 자신의 체력에 맞는 산행 코스를 선택하면 사전에 조난을 예방할 수 있다. 또한 만약의 사태를 준비해 등산 장비와 비상식량 등을 꼼꼼히 챙기고 조난을 당했을 경우의 행동 요령을 익혀두는 것이 필요하다. 일단 조난을 당하면 그 사람의 능력과 판단에 따라 목숨을 잃을 수도 무사히 내려올 수도 있기 때문이다. 휴대폰 배터리를 넉넉히 챙기고 등산 가서는 안내판을 확인하는 습관을 갖자. 안내판에 구조번호가 있으니 기억해두면 유사시에 큰 도움이 된다.

혼자 조난됐을 때

지쳤거나 날이 어두워졌거나 악천후로 산행을 계속하기 어려운 상황이라면 섣불리 움직여서는 안 된다. 가능한 방법으로 구조요청을 하고 그곳에서 구조대가 올 때까지 체온과 체력을 유지하며 기다리는 편이 더 안전하다. 산행하기 전에 가족에게 언제 누구와 어느 산을 어디로 올랐다가 언제 하산할 예정인지 간단하게 알려두면 도움이 될 수도 있다.

망했다.
해는 져가는데
이게 말로만 듣던
조난?

초보자는 심각한 상황에
빠질 일은 드물다.
길이 아니면 가지를 말라고…
다만 '저기 길이 있을 거 같네'
하지만 말라는 것.
영원히 하산 못 하는 거 아냐? 아님 다른 의미의 하산?
길을 잃었을 때는 아는 곳까지
왔던 길을 되돌아가는 것이 가장
현명한 방법. 그런 다음 그곳에서
자신의 위치를 정확하게 파악하고
계획 했던 방향을 찾는다.
만일 짙은 안개, 눈보라,
어둠 때문에 지형과 방향을
살필 수 없을 때는
젠장!
당최 뭐가 보여야 말이지…
그 자리에서 다른 사람들이
올 때까지 기다리거나 자신이
정확히 알고 있는 지점까지
되돌아간다.
10분 만 더 기다려 보고 아무도 안 오면 돌아가자!
중간중간에 휴대폰이 되는지
확인해보라. 같은 지역이라도
막혀 있는 곳보다 트인 곳이
더 잘 터진다.
오! 신호 들어 왔다!

여러 사람이 조난됐을 때

조난을 당했더라도 다친 사람이 없다면 크게 걱정할 것은 없다.
먼저 상황을 정확하게 파악하고 안전한 장소로 옮겨
밤을 새울 것인지 아니면 바로 탈출할 것인지를 결정한다.
일행 가운데 부상자가 있다면 먼저 응급처치를 한 다음
상태가 더 악화되지 않도록 한다.
그리고 부상자를 빨리 병원으로 옮겨야 할지
아니면 구조대가 올 때까지 기다려야 할지를 결정한다.
구조를 요청하러 갈 때는 2인 1조로 움직이도록 하고
다른 사람은 그 자리에서 기다려야 한다.

조심히 가!
우리가 구조요청하고 올테니 기다려!

밤을 새워야 할 때

판초, 텐트 플라이, 비닐 등을 이용해 눈·비·바람을
막을 수 있는 공간을 만들고, 젖은 옷은 갈아입어
체온을 유지하도록 해야 한다.
그러나 비바람을 막아줄 만한 아무런 장비가 없다면
조금이라도 피할 수 있는 곳을 찾아야 한다.
큰 나무 밑이나 숲 속에서 마른 낙엽을 끌어모아
낙엽더미 속으로 들어가면 조금이나마
추위를 이길 수 있다.
구조를 기다리는 동안 가장 중요한 것 하나는 체온 유지다.
그다음으로 수분과 영양 보충.

그…그게 아니라. 조난.
부스럭
체온 유지를 위해…
부스럭
의외로 따뜻하다.

산의 사계절을 다 즐겼으니 나도 등산 중급자쯤 되겠지? 산악인이라 불러주오~
까분다…
아직 니가 경험하지 못한 게 있어!
그게 뭔데?
산 속의 밤!
전에는 위험하니까 해 지기 전에 내려오라며?
그러니까 아예 잘 준비를 하고 가는 거지!
무섭지 않아?
깜깜한데 뭘 하지?
텐트도 사야 하나?
저녁밥은?
아니, 근데 왜 밤을 보내봐야 한다는 거야?
애시 당초 말이지!
거참, 여전히 시끄러운 녀석일세.

5부

산에서의 하룻밤

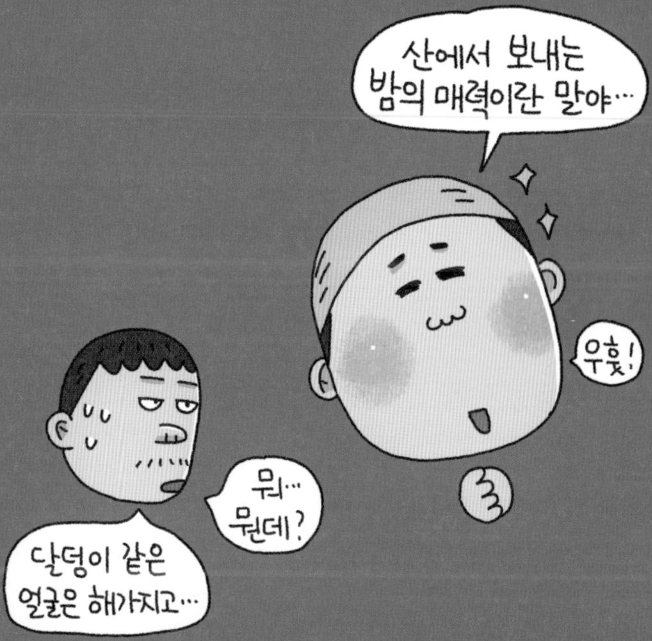
산에서 보내는 밤의 매력이란 말야…
우훗!
뭐… 뭔데?
달덩이 같은 얼굴은 해가지고…

밤산의 매력

밤의 산은 깜깜하기만 하고 지루하지 않을까 생각하지만,
그 칠흙같은 어둠 속에서 하늘 한 가득 떠 있는
별을 바라보고 있으면
낮에는 찾을 수 없는 포근함이 느껴지기도 한다.
별빛과 달빛 아래 물소리, 바람소리가 들려오는
고요한 밤풍경은 산의 또 다른 표정.
밤산이야말로 도시인들에게는 더 없이 색다른 경험.

도시에서는 절대 못 보지.
별 진짜 많이 보인다!

대피소에서 자기

잠을 잘 수 있는 대피소는
1박, 2박을 하면서 종주를 하는
산에만 있는데 국립공원 중에는
설악산, 지리산, 덕유산에 있다.
이용을 하려면 사전에
국립공원관리공단 예약통합시스템
사이트에서 예약을 해야 한다.
늘 일찍 마감되니
미리미리 준비할 것.

앗!
또 다 찼네!
첫!

대피소는 말 그대로
등산객의 대피 등 안전을 위해
설치된 최소한의 시설.
또한 산의 자연과 상수원을
보호해야 하므로 이용에
제약이 많을 수밖에 없다.
편한 숙소의 서비스와
비교하지 말고, 그 자체로
산을 즐기는 한 가지
방법이라고 생각하자.

화장실
화장실이
굉장히
친환경적이라
적응이 잘
안돼…

동절기(10월~4월)에는 5시부터 6시까지,
하절기(5월~9월)에는 6시부터 7시까지 입실해야 한다.
소등 시간이 정해져 있어서 밤 9시 전후면 불을 끈다. 화장실이라도 가려면 반드시 헤드랜턴을 준비해야 한다.
커~
음냐~ 음냐~
따로 침대가 없고 마룻바닥 침상에서 개인침낭을 깔고 잔다.
담요를 대여해주기도 하니 여름에는 침낭 대신 이용해도 좋겠다.
온풍기 난방은 되지만 바닥 난방은 안 된다.

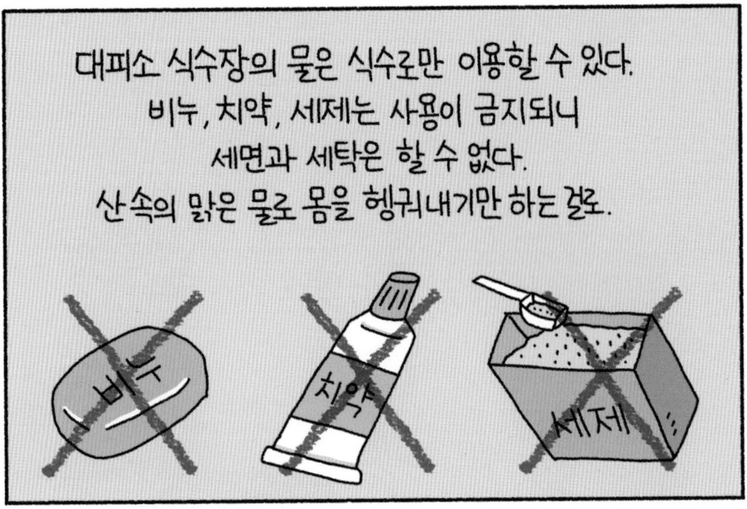
대피소 식수장의 물은 식수로만 이용할 수 있다.
비누, 치약, 세제는 사용이 금지되니
세면과 세탁은 할 수 없다.
산속의 맑은 물로 몸을 헹궈내기만 하는 걸로.
비누
치약
세제

밤산을 느껴보고 싶은데
종주는 엄두가 안 나는 초보자라면?
목표를 '산에서의 하룻밤'으로 잡아보자.
지리산 노고단대피소는 한 시간이면 올라가고
설악산 대피소는 계곡 쪽에도 많으니
미리 예약만 하면 쉽게 이용할 수 있다.

꾸벅~
하룻밤 신세좀 지겠습니다. 잘 부탁드려요!
오냐~
예약은 했고?

텐트 치고 자기

백패커들이 많이 늘면서 TV예능프로에서도 산속에서 텐트를 치는 장면이 나오는데, 원칙적으로 산속 야영은 금지. 정해진 야영장에서만 캠핑을 할 수 있다.

관리
여기서
야영하시면
안 되는데요.
엥?
TV에서 보니까
막 캠핑도
하고 그러길래…

야영장도 국립공원관리공단 예약통합시스템 사이트에서 예약을 해야 한다. 동절기에는 아예 문을 열지 않는 곳도 있으니 반드시 확인해볼 것.

헉!
동절기
야영장 폐쇄
썩! 돌아가!

야영장은 성격에 따라
일반 야영장, 자동차 야영장(주차장과 함께 있음), 풀옵션
야영장(텐트 및 캠핑용품 일체 대여)으로 나눈다.

최근에는 국립공원 야영장에 등급제를 실시하고 있다.

★	기본 야영장. 화장실만 있음.
★★	보통 야영장. 개수대가 있어 취사할 수 있고 구급약, 소방시설이 있음.
★★★	우수야영장. 응급 상황에 대응할 수 있는 방송시설이 있음.
★★★★	특급야영장. 전기와 무선인터넷을 쓸 수 있음.

텐트는 일반적으로 돔형과 투룸형(거실형)으로 나뉘는데
가볍고 설치하기도 편리한 돔형은 봄, 여름, 가을에 많이 쓰고,
거실과 침실이 구분되어 있는 투룸형은 실내에서 취사까지 해야 하는 겨울에 좋다.
요즘 백패킹용으로 나오는 1~2인용 텐트는 가격이 천차만별. 초급자는 20~30만원 선부터.
무엇보다 중요한 것은 내수압. 텐트가 얼마나 방수가 되는지를 숫자로 표시한 것. 500mm는 가랑비까지, 1500mm는 폭우까지 견딜 수 있다는 뜻이다.

산에서 먹는 저녁과 아침

대피소든 야영장이든 산에서 하룻밤을 잔다는 건
그날 저녁과 다음날 아침을 먹어야 한다는 뜻.
대피소에서는 정해진 취사공간에서 해먹는다.
직접 해먹더라도 간편조리식품을 적극 활용하고
버려지는 음식물이 없도록 해야 한다.
냄새가 너무 많이 나는 것도 실례.

취사공간에서는 고기를 구워먹어도 되나?
쩝!
살짝 굽기만 하면 되는 훈제오리 같은 게 좋지. 삼겹살은 냄새 나고 기름기도 버리기 힘드니
뭘 또 맛있게 먹어 볼라고 이 시키…
굴이 먹고 싶으면 찌개에 넣는 걸로.
"보글보글"
아~ 침나와~
그럼 아침은…?
아침은 무조건 따끈하게 끓인 누룽지!
훌륭해!
보글보글~

산에 안 가봤을 땐 산이 다 그게 그거라고 생각했는데 말야.
계절에 따라 이렇게 다양한 모습이 있는지 몰랐지?
나도 이제 전국의 산을 다니면서 사계절을 다 맛보고 싶어졌어.
같은 산을 계절이 바뀔 때마다 찾아가도 표정이 다 다르지.
언제 가도 다른 모습이라니! 나 같은 중급자만 느낄 수 있는 산의 매력 아닌가!
언제 가도 다르니 더 자만하면 안 돼. 20년을 다닌 나도 여전히 모르겠다니까!
훗!
또…또 까분다. 이 시키…

산이란 게 정말 오묘하고 깊은 세계라 늘 새롭고 늘 감동받지.
그 맛에 산에 다니는 거지! 다른 세상을 만나는 기분이잖아!
아주 건방져… 그치만 맞는 말이야!

이제 그만
집에 가 볼까!
응!

조심히들
돌아가~
또 놀러와

집에 가기 전에
뭐 좀 먹을까?
좋지~

안녕하세요.
그림을 그린
이진아입니다.
이야~ 산의 능선을
그리고 있으면 정말
기분이 좋아지는군요.
이 책을 하면서
정말 많은 산을
그렸습니다!
냄새~

솔직히 말씀 드리자면 이 책을 시작할 당시
저는 산에 전혀 흥미가 없는 인간이었습니다.
산에 흥미가 없는 것을 넘어서
싫어하는 편이었는데…
이 책을 하면서 그 이유를 알았습니다.
그것은 등산에 대한 몇 가지 안 좋은 경험으로
생긴 트라우마 같은 거라고 생각됩니다.

산보다는
바다지!
라는 사람

운동화가 비에 젖어
숙소에 있던 슬리퍼를 신고
부여산성을 등반한 기억…

얇은 컨버스를 신고
얼떨결에 노고단을 등반한
기억이라든가…

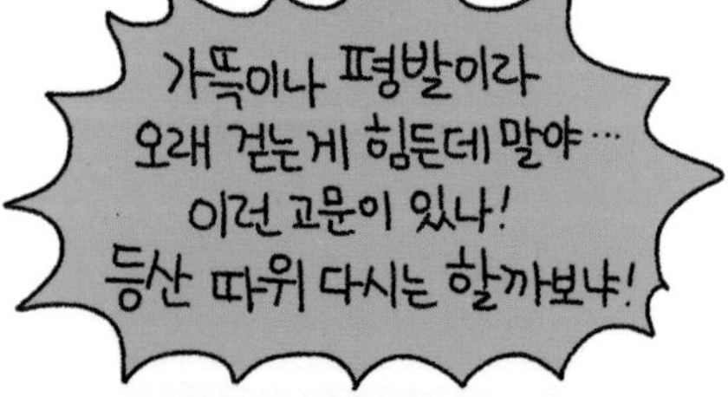
가뜩이나 평발이라
오래 걷는게 힘든데 말야…
이런 고문이 있나!
등산 따위 다시는 할까보냐!

망할~
아이고
발이야~

지금 생각해보니 문제는 신발이었습니다.
'등산화만 신었어도 달랐을텐데…'
라는 걸 1권을 작업하면서 깨닫게 되었져.
그리고 2권에서부터 본격적인 산의 사계절을
보게 된 저는 완전히 반해버렸습니다.

아…
아름다워~

동백꽃이 가득한 봄산!
하아~
맑고 푸른 계곡이 흐르는 여름산!
하~
형형색색의 아름다운 가을산!
파란하늘 아래 고요하게 눈 덮힌 겨울산!
작가님 겨울채색은 아직인가여?
마감 따위~
가게 해줘!!

산에 전혀 흥미가 없던 저는 이 책을 끝낼 무렵,
우리나라의 산이 너무나 가고 싶어 못 견딜 지경이 되었습니다.

어떤가요?
이 책을 다 읽은 당신!
당신은 이미 등산화를 신고 있다!
안 그런가?
없으면 사러 나간다든지…

부록

산으로 가는 길,

산에서 오는 길

1부 봄

추천코스 1
거제 노자산과 가라산

가는 길
고현버스터미널에서 고현수협 방향으로 가는 56번과 67번 버스를 타고 거제자연휴양림에서 내린다.
오는 길
명사(선창 정류장)에서 매물도여객선터미널 방향으로 가는 53번 버스를 타고 고현버스터미널에서 내린다.

추천코스 2
통영 미륵산

가는 길
통영시외버스터미널에서 통영경찰서 방향 200번, 211번, 231번 버스를 타고 용화사 정류장에서 내린다.
오는 길
내렸던 정류장에서 다시 탄다.

추천코스 3
남양주 운길산

가는 길
서울 용산역에서 중앙선을 타고 운길산역에서 내려 2번 출구로 나와 수종사 방향으로 걷는다.
오는 길
운길산역에서 중앙선을 타면 된다.

추천코스 4
서울 북한산

가는 길
서울 지하철 4호선 수유역에서 1번로 나와 바로 보이는 버스정류장에서 01번 마을버스를 타고 신성빌라 정류장에서 내려 백련사 방향으로 걷는다.
오는 길
북한산성입구 정류장에서 버스를 이용하거나 34번, 704번 버스를 타고 구파발 역 3번출구 정류장에 내리면 지하철 3호선을 이용할 수 있다.

추천코스 5
보성 일림산

가는 길
터미널
보성시외버스터미널에서 농어촌버스(보성–대산)를 타고 신전 정류장에 내려 용추계곡 방향으로 간다.
역
보성역에서 갈 경우, 농어촌버스(벌교–보성)를 타고 보성시외버스터미널에 내려 농어촌버스(보성–대산)로 갈아탄 뒤 신전 정류장에서 내려 용추계곡 방향으로 간다.
오는 길
내렸던 곳에서 다시 농어촌버스(보

성–대산)를 타면 보성시외버스터미널에서 내릴 수 있다.

추천코스 6
여수 영취산

가는 길

셔틀버스

진달래축제 기간에는 여수시청과 여천역, 돌고개 행사장을 왕복하는 셔틀버스가 있다. 흥국사에서 출발해 돌고개 행사장과 상암초, 둔덕을 왕복하는 셔틀버스도 있으니 미리 알아보자.

(문의 061–659–4743~6 / 061–691–3104)

터미널

축제 기간이 아니라면 여수종합버스터미널 앞 버스정류장에서 81번 버스를 타고 여성문화회관 정류장에서 내려 76번 버스로 갈아탄 뒤 묘도선착장 정류장에서 내려 GS칼텍스정유 후문(주차장)쪽으로 간다.

여수공항

31번 버스를 타고 석창사거리 정류장에 내려 석창 정류장으로 가 61번 버스로 환승해 묘도선착장 정류장에서 내린다.

공항버스를 타고 시내로 들어와 이동하는 방법도 있다.

여수엑스포역

111번 버스를 타고 동광탕 정류장에서 61번 버스로 갈아탄 뒤 묘도선착장 정류장에서 내리면 된다.

오는 길

셔틀버스

흥국사에서 상암초, 둔덕을 왕복하는 셔틀버스를 타고 상암초나 둔덕에 내려 시내버스를 이용하면 된다.

터미널

흥국사 정류장에서 52번 버스를 타고 신기초교앞 정류장에서 88번 버스로 갈아탄다.

여수공항

흥국사 정류장에서 52번 버스를 타고 석창 정류장에서 내려 석창사거리 정류장으로 가 갈아타면 된다.

여수엑스포역

흥국사 정류장에서 52번 버스를 타고 신월금호아파트 정류장에서 내려 2번 버스로 갈아탄다.

추천코스 7
남원 바래봉

가는 길

남원역, 남원고속버스터미널, 남원공용버스터미널에서 112번, 113번, 132번, 133번, 134번 버스를 타고 운봉초교 정류장에서 내려 택시를 타고 전북학생교육원 앞에서 내린다.

오는 길

운봉우체국 앞 정류장에서 112번, 113번, 132번, 133번, 134번 버스를 타면 남원역, 남원고속버스터미널, 남원공용버스터미널에서 내릴 수 있다.

2부 여름

추천코스 1
서울 관악산

가는 길
2호선 서울대입구역 3번 출구로 나와 5511번, 5513번 버스를 타고 서울대학교 법대입구 정류장에서 하차해 관악산 식물원 방면으로 간다.

오는 길
1호선 관악역을 이용하거나 1번, 51번, 5625번 버스를 이용해 서울로 갈 수 있다.

추천코스 2
문경 대야산

가는 길
터미널

점촌시외버스터미널에서 100m 떨어진 홈플러스 맞은편 정류장에서 300번 버스를 타고 가은읍 완장리 벌바위 정류장에 내려서 자연휴양림 방면으로 걸어간다.

가은버스터미널에서 300번 버스를 타고 벌바위 정류장에서 내려 자연휴양림 방면으로 간다.

문경공용버스정류장에서 가은 농암 방면 버스를 타고 가은버스터미널에 내려 300번 버스로 갈아탄 뒤 벌바위 정류장에서 내려 자연휴양림 방면으로 가면 된다.

역

점촌역 앞 점촌사거리 오른쪽에 있는 농협하나로마트 앞 정류장에서 300번 버스를 타고 가은읍 완장리 벌바위 정류장에 내려서 자연휴양림 방면으로 걸어간다.

오는 길
내렸던 곳에서 다시 300번 버스를 타면 된다.

추천코스 3
영동 삼도봉

가는 길
터미널

영동시외버스공용터미널에서 630m 떨어진 회동리 정류장에서 농어촌(영동–물한)버스를 타고 물한2리 정류장에서 내린다.

역

영동역에서 맞은편 농협하나로마트 앞에서 농어촌(영동–물한)버스를 타고 물한2리 정류장에서 내린다.

오는 길
올 때 내렸던 곳에서 다시 농어촌(영동–물한)버스를 타면 된다.

추천코스 4
괴산 화양계곡

가는 길
청주시외버스터미널에서 화양동으로 가는 시외버스를 타면 화양청소년 수련원 앞에서 멈춘다. 여기서 화양동 탐방지원센터 방향으로 걸어가면 된다.
오는 길
자연학습원에서 청천행 버스를 타고 가다 청주시외버스터미널로 가는 버스를 타는 법도 있지만 하루 3~4번만 운행하므로 화양동 탐방지원센터로 돌아가 타는 편이 낫다.

추천코스 5
포항 내연산

가는 길
터미널
포항시외터미널 건너편 정류장에서 보경사행 510번 버스를 타고 종점인 보경사에서 내린다.
역
포항역에서 400m 떨어진 죽도시장 정류장에서 육거리 방향으로 가는 500번 버스를 타고 청하환승센터에서 내려 청하-보경사 순환버스로 갈아탄 후 보경사 정류장에서 내리면 된다.
오는 길
올 때 내렸던 곳에서 510번 버스를 타거나 청하-보경사 순환버스를 타고 청하환승센터에 내려 500번 버스를 타면 된다.

3부 가을

추천코스 1
완주 대둔산

가는 길

터미널

대전서부시외버스터미널에서 34번 버스를 타고 대둔산휴게소에서 내리면 된다.
대전복합터미널에서 201번 버스를 타고 대전서부시외버스터미널에서 내려 34번으로 갈아탄다.

역

대전역 건너편 대동약국 앞에서 841번 버스를 타고 대전서부시외버스터미널에 내려서 34번 버스를 탄다.
서대전역에서는 버드내아파트 방향으로 약 20분 정도 걸어가면 대전서부시외버스터미널이 나온다. 여기서 34번 버스를 타면 된다.

오는 길

내렸던 곳에서 34번 버스를 탄다.

추천코스 2
고창 선운산

가는 길

고창공용버스터미널에서 하루 4회 있는 직행버스를 타거나 농어촌(고창–선운사 · 심원)버스를 탄다.

오는 길

선운사버스터미널에서 고창 · 아산행 버스를 타면 된다.

추천코스 3
청송 주왕산

가는 길

청송시외버스터미널에서 농어촌버스(청송–약수탕 · 주왕산)나 농어촌버스(진보–약수탕)를 타고 주왕산 정류장에서 내린다.

오는 길

절골탐방지원센터 앞에서 주왕산행 버스를 타거나 대구, 부산, 서울, 청송행 버스를 이용할 수 있다.

추천코스 4
정선 민둥산

가는 길

정선시외버스터미널에서 태백행 버스를 타고 증산초교입구 정류장이나 민둥산역에서 내리면 된다. 단 직행버스의 경우 정차하지 않으니 문의하자.
농어촌버스(정선–고한사북터미널)를 타고 민둥산역에 내리는 방법도 있다.

오는 길

민둥산역에서 농어촌버스(정선–고한사북터미널)를 타면 된다.

추천코스 5
창녕 화왕산

가는 길
창녕시외버스터미널에서 농어촌버스(창녕–창녕)를 타고 관룡사입구 정류장에서 내린다.
오는 길
프로미월드 건너편 정류장에서 농어촌버스(창녕–창녕)를 타면 된다. 걸으면 30분 정도 거리다.

4부 겨울

추천코스 1
무주 덕유산

가는 길
터미널
무주터미널에서 덕유산리조트 셔틀버스를 탄다.
역
영동역에서 무주행 버스를 타고 무주터미널에서 내려서 셔틀버스로 갈아탄다.
오는 길
구천동관광단지 안 무주군관광안내소 앞에서 무주행 버스를 타면 된다.

추천코스 2
강릉 선자령

가는 길
터미널
강릉고속버스터미널에서 강릉인문고등학교 맞은편 홍제IC 정류장에서 503–1번 버스를 타고 대관령정상 정류장에서 내린다.
횡계시외버스공용정류장에서 순환버스를 타거나 택시를 이용해 대관령마을휴게소에서 내린다.
역
강릉역에서 시내방면으로 걸어가 옥천동 또는 교보생명 정류장에서 503

번이나 503-1번 버스를 타고 대관령 정상 정류장에서 내리면 된다.

오는 길

내린 곳에서 502-1번 버스를 타고 하나대투증권 앞에서 202번 버스로 갈아타면 된다.

추천코스 3

제주 한라산 영실

가는 길

제주공항

500번 버스를 타고 월성마을 정류장에서 내려 오라오거리 방향으로 내려가 740번 버스로 갈아타고 영실매표소 정류장에서 내린다.

터미널

제주시외버스터미널에서 740번 버스를 타고 영실매표소에서 내린다.

항구

제주항국제여객선터미널에서 92번 버스를 타고 한라병원 정류장에서 내려 740번으로 갈아타고 영실매표소 정류장에서 내리면 된다.

오는 길

어리목 정류장에서 740번 버스를 탄다.

추천코스 4

태백 태백산

가는 길

태백역 바로 앞 태백시외버스터미널에서 6번 버스를 타고 유일사입구 정류장에서 내리거나 7번 버스를 타고 태백산도립공원요금소 정류장에서 하차한다.

오는 길

청원사입구 정류장에서 7번, 8번 버스를 타거나 좀더 내려가 문곡소도동 주민센터 정류장에서 6번을 이용할 수 있다.

추천코스 5

광주 무등산

가는 길

터미널

광주종합터미널(유스퀘어) 앞 정류장에서 1187번을 타고 원효사(무등산장) 정류장에서 내린다.

역

광주역 맞은편 정류장에서 순복음교회 방면으로 가는 1187버스를 타고 원효사(무등산장) 정류장에서 내린다.

광주송정역에서 1호선을 타고 문화전당역에서 내려 1번 출구로 나와 1187번 버스를 타고 원효사(무등산장) 정류장에서 내린다.

오는 길

무등산국립공원(증심사) 정류장에서 첨단09번 버스를 타면 된다.

산이 부른다 ② 산 따라 철 따라

1판1쇄 펴냄 2014년 12월 15일

글 진우석 | **그림** 이진아 | **기획** 이성민

펴낸이 김경태 | **마케팅** 박정우 | **편집** 홍경화
펴낸곳 퍼블리싱 컴퍼니 클
출판등록 2012년 1월 5일 제311-2012-02호
주소 122-842 서울시 은평구 연서로 26길 25-6
전화 070-4175-4680 | 팩스 02-354-4680 | 이메일 editor@bookkl.com

ISBN 979-11-85502-15-1 04810
979-11-85502-16-8 (세트)

이 도서의 국립중앙도서관 출판예정도서목록(CIP)은 서지정보유통지원시스템 홈페이지(http://seoji.nl.go.kr)와 국가자료공동목록시스템(http://www.nl.go.kr/kolisnet)에서 이용하실 수 있습니다.(CIP제어번호: CIP2014035819)

이 책은 SBA 서울애니메이션센터의 지원을 받아 제작했습니다.